MULTIMEDIA PRINT READER
MPR
www.mpreader.com

日本料理遇见日本民歌

一本可以听歌的书

滕玉娣　王辽东◎主编

暨南大學出版社
JINAN UNIVERSITY PRESS
中国·广州

图书在版编目（CIP）数据

日本料理遇见日本民歌/滕玉娣，王辽东主编．—广州：暨南大学出版社，2022.10

ISBN 978－7－5668－3440－9

Ⅰ.①日…　Ⅱ.①滕…②王…　Ⅲ.①民歌—研究—日本　Ⅳ.①I313.72

中国版本图书馆 CIP 数据核字（2022）第 107587 号

日本料理遇见日本民歌
RIBEN LIAOLI YUJIAN RIBEN MIN'GE
主　编：滕玉娣　王辽东

出版人：张晋升
责任编辑：付有明
责任校对：刘舜怡
责任印制：周一丹　郑玉婷

出版发行：暨南大学出版社（511443）
电　话：总编室（8620）37332601
营销部（8620）37332680　37332681　37332682　37332683
传　真：（8620）37332660（办公室）　37332684（营销部）
网　址：http：//www.jnupress.com
排　版：广州市天河星辰文化发展部照排中心
印　刷：中华商务联合印刷（广东）有限公司
开　本：787mm×1092mm　1/16
印　张：13
字　数：243 千
版　次：2022 年 10 月第 1 版
印　次：2022 年 10 月第 1 次
定　价：95.00 元

本书编委会

主　　编： 滕玉娣　王辽东（王景辰）

副 主 编： 林依铃　吴晓唯　李海畅　宋能望

编　　委： 吴肖丽　李海畅　崔钦芳　张佳櫺　邢美诗　张　翠
邓珊珊　徐婉惠　郭卫星　李红英　魏玉霞　邓　单
杨　欣　樊　秦　姚佩姗

荣誉顾问： 亀井启次（日本驻广州总领事馆总领事）

顾　　问： 吉崎日宏　西原圭佑　三井成子
山口朋子　山口拓朗

策　　划： 滕玉娣　王景辰

法律顾问： 卢明哲　万传华

歌曲翻译： 罗传开

歌曲校对： 黄　蓉

协作单位： 深圳市日式料理行业协会
深圳外商投资企业协会
深圳市人民对外友好协会
广州工商学院日语学院
广东外语外贸大学
深圳深三和日本食品专卖店有限公司
和风番中日文化传媒（广州）有限公司

本书主编团队一行访问深圳市日式料理行业协会会长滕玉娣、秘书长姚明

本书主编团队一行访问深圳深三和日本食品专卖店有限公司董事兼总经理滕玉娣

左一：王景辰，左二：徐婉惠，中：滕玉娣，右二：邓珊珊，右一：姚明

目　录

contents

第三部分

匠心人物

第四部分

匠心产品

序言一

打开本书，仿佛走进了美食与音乐的世界。书中不仅有精致的美食、经典的歌谣、脍炙人口的中国寓言，也有日本百年长寿企业的故事。许多人喜爱日本料理，但对日本民歌知之甚少。其实，美食和音乐都是文化交流的重要载体。好的音乐会挥着动人心弦的翅膀，穿越时空，在人们心中自由飞翔，它不受国界的影响，因为它传递着人们内心的真挚、朴素与善良。

中日文化交流源远流长。正如致力于中日友好交流的日本友人、日本著名作曲家团伊玖磨先生所说："当我第一次接触到汉字，并得知它来自中国时，为之惊叹。尚在孩提时代，在我模糊的记忆中，中国、中国文化就已深深根植于我的心中。不久，我又知晓，日本历史的源流有中国文明，日本的音乐、乐器等亦源于中国。……中国一直滋润着我的心灵，给我以新的力量。"① 他认为，日本在文字、哲学、宗教、艺术、医药等方面，都得到中国的巨大恩惠。

团伊玖磨先生一生致力于中日文化交流，曾任日中文化交流协会会长，先后六十余次访华，他的作品《A 大调交响曲》曾于 1979 年 5 月在中国演出。团伊玖磨先生用音乐传递中日文化同源互鉴的特征，用音乐促进两国人民同频共振，为中日文化交流作出了很大的贡献，荣获中国文化部"文化交流贡献奖"、中日友好协会"中日友好使者"称号、中国人民对外友好协会"人民友好使者"称号。

本书的出版也是为了缅怀著名的音乐理论家、上海音乐学院日本音乐研究所原所长罗传开教授。在 1972 年中日邦交正常化的特殊时期，罗传开教授携中国歌唱家、芭蕾舞团等组成中国文化亲善使节代表团赴日本，受到日本首相

① 陈喜儒：《高雅的团伊玖磨》，《屐痕碎影》，北京：民主与建设出版社，2017 年，第 58 页。

田中角荣的接见，为中日友好交流作出了贡献。

本书主编滕玉娣女士是深圳市日式料理行业协会会长，该协会也是深圳市人民对外友好协会的会员，推动日料餐饮行业多元化发展，积极为企业与政府搭建沟通桥梁。滕玉娣女士扎根深圳近四十年，是深圳改革开放发展的见证者、参与者。1984 年，滕玉娣女士被深圳市人事局延揽为深圳市第一批日语翻译，见证了深圳经济特区中日合资企业谈判交流签约。1994 年，滕玉娣女士成立了深圳深三和日本食品专卖店有限公司，致力于推动中日文化交流和贸易往来，尤其是中日食品贸易、饮食文化的交流。

中日两国是一衣带水的邻邦，中日友好惠及两国人民。2022 年是中日邦交正常化 50 周年，目前深圳已与日本筑波、大阪分别建立了友好城市关系和友好交流城市关系，期待未来深圳与日本各市在文化教育、科技创新、餐饮服务等领域有更多的交流合作，为推动中日友好关系作出更大贡献。

顾　挺

深圳市人民对外友好协会副会长（专职）

2022 年 8 月 7 日

序言一

本書を開くと、美食と音楽の世界に足を踏み入れたようです。精緻な美食、古典的な歌謡、よく知られている中国の寓話だけでなく、日本の百年の長寿企業の話もあります。日本料理は中国で人気がありますが、その一方で日本の民謡はあまり知られていません。実は、美食と音楽は両方とも文化交流の重要な担体です。良い音楽は人の心を動かす翼を挿して、時間を越えて、空間を通り抜けて、人々の心の中で自由に飛翔できます。音楽は人々の内在の真摯で、素朴な感情と善意を伝えるので、国境を越えて人々の心に響いています。

中日文化交流は歴史が長いです。中日友好交流に取り組む日本の友人で、日本の著名な作曲家の団伊玖磨先生がこう言っています。「初めて漢字に触れて、中国から来たことを知った時は驚きました。まだ子供のころ、漠然とした記憶の中で、中国や中国の文化は私の心に深く根付いていました。やがて、日本の歴史の源流は中国文明であり、日本の音楽や楽器なども中国や中国から由来し、私の心を潤し続けてくれていることが分かりました。新しい力を与えてくれます。」[①] 彼は日本は文字、哲学、宗教、芸術、医薬などの面で中国から大きな恩恵を受けていると考えています。

団伊玖磨先生は一生涯を通して中日文化交流に力を尽くしています。日中文化交流協会の会長を務めました。前後六十回以上も訪中しました。1979年5月に『交響曲イ調』という作品が中国で公演されました。団伊玖磨先生は音楽で中日文化の同源相互参考を伝え、音楽で両国人民の共鳴共振を促

① 陳喜儒：『上品な団伊玖磨』、『履痕碎影』、北京：民主と建設出版社、2017年、58ページ。

進し、日中文化交流に大きな貢献をしましたので、中国文化部の「文化交流貢献賞」を受賞し、中日友好協会の「中日友好使者」の称号や、中国人民対外友好協会の「人民友好使者」の称号を獲得しました。

また、本書の出版は有名な音楽理論家で上海音楽学院日本音楽研究所元所長の羅伝開教授を偲ぶことが分かりました。1972 年の中日国交樹立の時期に、羅伝開教授は中国の歌謡家やバレエ団などを携えて中国文化親善使節代表団として日本に派遣され、日本の田中角栄元首相から会見を受けました。中日友好交流に寄与しました。

本書の編集長である滕玉娣さんは深セン市日本料理業界協会の会長です，日本料理業界の多元化発展を促進し、企業と政府の間で交流の架け橋を積極的に構築しています。同協会は深セン市人民対外友好協会の会員です。滕玉娣さんは深センに四十年近く根を下ろして、深セン改革開放と発展の立会人であり、参加者でもあります。1984 年、滕玉娣さんは深セン市人事局に深セン市第一陣の日本語通訳として募集され、深セン経済特区の中日合弁企業交流契約調印の日本語通訳を務めました。滕玉娣さんは1994 年から深セン深三和日本食品有限公司を設立しました。中日文化交流と貿易往来、特に中日食品貿易・食文化交流の促進に力を尽くしています。

中日は一衣帯水の隣国であり、中日友好は両国人民に恩恵をもたらしています。2022 年は日中国交正常化 50 周年を迎えます。現在深センは既に日本の筑波、大阪とそれぞれ友好都市関係と友好交流都市関係を確立しました。将来深センは日本と文化教育、科学技術革新、飲食サービスなどの分野での交流と協力がより一層強化され、中日友好関係の推進により大きな貢献ができることを心より期待しております。

顧　挺

深セン市人民対外友好協会専任副会長

2022 年 8 月 7 日

序言二

自1972年中日邦交正常化以来，经过两国各界的不懈努力，中日的经贸合作获得空前的发展，两国在政治、经济、文化交流等方面取得了显著成绩，据统计，截至2012年12月，日本对华投资达到738亿美元。数据显示，2018年中国去日本旅游人数达到了838万人（次），2019年达到了900多万人（次）。同时中日两国的动漫、科技、食品、文化教育等领域的企业也进行了多方面合作。

同时，中国越来越多的企业注重品牌发展建设，越来越多的中国企业家把实现企业长久经营作为长期经营理念。目前我国百年长寿企业数量还非常少，而日本百年长寿企业有三万多家，这些百年长寿企业能在漫长历史中留存，离不开“匠人”的专注精神。在快速发展的时代背景下，全球企业都面临可持续经营的问题，长期主义和可持续发展理念是一个国家或企业不可缺失的价值观。在分工越来越精细化的今天，专业化、匠人精神和与时俱进精神对企业品牌长久发展格外重要。中日两国在文字上同属汉字文化圈，在经营理念与文化底蕴上同属儒家文化，在企业经营管理及企业长久经营方面，中日企业都有很多可以互相借鉴、学习的地方。

俗话说，“民以食为天”，近年来日本料理在中国受到消费者的欢迎，2019年深圳市日式料理行业协会自成立以来，得到了政府及企业单位的支持，协会在日本料理行业与政府间架起了桥梁，起到了纽带作用，充分发挥了行业协会功能和自律作用，协助政府贯彻实施相关行业政策法规，引导餐饮规范，促进企业交流，加强产业合作。

说起日本民歌，或许很多人还比较陌生，其实中国香港和台湾的一些经典流行歌曲，例如陈慧娴的《千千阙歌》、邓丽君的《漫步人生路》、李克勤的《红日》就分别改编自日本近藤真彦的《夕焼けの歌》（《夕阳之歌》）、中岛

美雪的《ひとり上手》（《习惯孤独》）、立川俊之的《それが大事》（《最重要的事》）这几首知名经典歌曲。

出版这本《日本料理遇见日本民歌》是一个偶然。一次同深圳市日式料理行业协会会长、深圳深三和日本食品专卖店有限公司董事兼总经理滕玉娣女士交流，我们从日本文化源自中国语言词汇开始，到美食、音乐、匠人精神，再到百年长寿企业经营等话题，于是萌生了出版本书的想法，并很快将这个想法付诸行动。

2022 年正值中日邦交正常化 50 周年，让我们在感受美食与音乐魅力的同时，祝中日友好，世界和平。

王景辰

2022 年 8 月 17 日

序言三

1983 年我加入日本综合性贸易公司伊藤忠商事株式会社。1985 年，公司派我去北京学习汉语普通话。我初次到中国的感受是地大物博、人们亲切，也感受了北京蓝天，秋高气爽。刚学汉语，水平并不怎么高，但我发现中国汉字与日本汉字有很多意思相同或很相近，故对中国有一种莫名的亲切感。相比其他国家的人，我认识汉字也是一种优势，至少去哪里都不会迷路。

或许这就是我与中国的缘分，自从学习汉语以来，我一直从事中日贸易工作。从 20 世纪 80 年代到 90 年代，把日本化纤出口到中国，中国加入 WTO 后，又把中国的服装产品出口到日本。时间进入 21 世纪，随着在中国事业的发展，我又和中国企业合作，协助招商引进外资、参股投资等业务，我在中国开展的业务越来越多了。

在中国开展业务，往往离不开和客户交流，一边洽谈，一边吃饭。但有时我也闹过笑话。吃饭时不免要喝酒，喝酒时大家会说“干杯”，这与日本的“乾杯”（かんぱい）发音很相近，但二者意思不同，在中国“干杯”指的是都喝光，而日本的“乾杯”（かんぱい）指抿一小口。虽然意思不太一样，但我还是感受到中国朋友的热情和一种豪爽、不拘小节的真性情，于是我也“干杯”喝光。没想到，中国朋友又说“我喝完你随意”，我瞬间又体会到中国朋友的温暖及对朋友的关心与尊重。

中国有句俗话“买卖不成人情在”，这句话能加深对彼此的理解。有时候项目谈不成，但是友谊还在。我跟老客户说：“买卖经常有，困难时常在。”老客户回答“有意栽花花不开，无心插柳柳成荫 ”，就是在这种诚意下，在充满关心与尊重的交流中，我结交了很多中国朋友，也慢慢了解了中国文化，在中国的业务发展也得到中国朋友及合作伙伴的支持。

收到景辰先生这本《日本料理遇见日本民歌》的书稿，我看到了美食与匠人产品的故事，还有日本经典民歌音乐的介绍。我想人类很难抵挡两种诱惑，一种是美食，无论是社会名流还是普通百姓，任何人只要活着就要吃饭，美食不仅能填饱肚子，也是人与人情感交流、文化交流、思想交流最朴实的方式。另外一种是音乐。记得中国文学家鲁迅先生说，“从初民在劳动中的‘吭唷吭唷’那里开始，音乐和劳动一样古老”。音乐是一种关乎情感、精神、意志的艺术，音乐包含自我情感的连接、表达及一种特殊的自我认同感。我想人类应该具有三种修养：一种是诗歌的修养，一种是哲学的修养，一种是音乐的修养。我认为音乐是一种更高层次的艺术，只可惜我没有这种天赋，但作为普通人，我对美食的狂热不减，音乐则赋予我更丰富的情感。

中国有句古语“民以食为天”，《史记》中管仲曾说：“王者以民为天，民以食为天，能知天之天者，斯可矣。”吃饭历来是一个国家、家庭及普通老百姓最要紧的问题。随着生活水平不断提高，人们对饭菜品质的要求也越来越高。特别是在中国，菜肴口味更为丰富，涵盖天南地北，如川菜、湘菜、粤菜、鲁菜等，口味有麻辣、酸甜、清淡等。以前中国的日料店不多，北京、上海、广州等大城市有几家，大多是为长期在中国工作的日本人提供。如今，连城市郊外也有日料店，主要客户是当地中国人。

说起酒，我对酒文化也有一种特别的情怀。记得中国香港有一家专卖日本清酒的店，店名叫 SAKE CENTRAL（清酒中心）。除了日本人以外，爱喝清酒的几个欧美人也参加经营店铺，线上线下都经营，主要卖点是开设清酒酒吧。顾客边听店员的讲解，边品尝高级清酒，由此了解日本文化、日本的农产品及日本风情。

2022 年是中日邦交正常化 50 周年，衷心祝愿中日民间经贸交流更上一层楼，两国文化交流更加紧密。

池添洋一

伊藤忠（中国）集团有限公司董事长

2022 年 8 月 30 日

序言三

私は1983年に日本総合貿易会社伊藤忠商事株式会社に入社しました。1985年、会社は私を北京に派遣して共通語を勉強しました。私は初めて中国に着いて、土地が広くて、人民が親切で、北京の青空で、秋がさわやかだと感じました。

中国語を勉強したばかりであまり上手ではありませんが、私は中国の漢字が日本の漢字とどれだけ意味が同じか近いかを発見しました。中国に対して不思議な親近感を持っています。他の外国人よりも漢字を知っているのもメリットだと思います。せめてどこかに行けば迷わない。これが中国との縁かもしれませんが、中国語を勉強して以来、私はずっと中日貿易の仕事をしています。20世紀80年代から90年代にかけて、日本の化学繊維を中国に輸出し、中国がWTOに加盟した後、中国の服装製品を日本に輸入しました。21世紀にかけて、中国での事業の発展につれて、私はまた中国企業と協力して外資の導入に協力しました株式投資などの業務は、中国での事業発展もますます増えている。

中国での業績展開には、中国のお客様と食事をしたりすることが欠かせません。しかし、私も時々中国で冗談を言ったことがあります。食事中はお酒を飲むのは避けられませんが、お酒を飲むと「乾杯」と言います。これは日本の「乾杯」と発音が似ていますが、「乾杯」の意味は違います。中国では「乾杯」というのは飲み干すことを意味しますが、日本の「乾杯」はほんの少しの「乾杯」の意味です。意味は違いますが、中国の友達の情熱と豪快で、小节にこだわらない本当の気持ちを感じて、私も「乾杯」しました。しかし、中国の友達が「飲み終わったら勝手にしろ」と言ったとは思わなかった。私に瞬間的にまた中国の友達の温かみ、関心と尊重を感じさせます。

中国では「商売は人情にならない」という俗語があり、互いの理解を深めている。时にはプロジェクトができないことがありますが、友情は残っていて、数年の体験を経て、私は古い取引先に言って、商売はいつもあって、困難の時にいつも手伝います。このような誠意と関心、尊重交流の中で、私は多くの中国の友達を作って、ゆっくりと中国の文化を理解し、中国での事業の発展も中国の友達と協力のパートナーの支持を得ています。

景辰先生のこの《日本料理は日本の民謡に出会います》の原稿を受け取って、美食と職人の製品のストーリを見て、日本の経典の民謡があります。この世界の人類が 2 種類の誘惑に抵抗するのは難しいと思います。1つは美食で、国家元首であろうと、普通の庶民であろうと、誰もが生きている限り食事をしなければなりません。美食は腹を満たすだけでなく、人と人の感情交流、文化交流、思想交流の最も素朴な接続方式でもあります。

もう一つは音楽で、中国文学者の魯迅さんが言ったことを覚えています。音楽は感情、精神、意志の芸術です。音楽には自己感情のつながり、表現、特殊な自己アイデンティティが含まれています。人類が 3 種類の修養を持つべきだと思います：1 つは詩歌の修養で、1 つは哲学の修養で、もっ 1 つは音楽の修養です。音楽はもっと高い魂の芸術だと思います。残念ながら私はこの天賦を持っていませんが、普通の人として美食を楽しむ情熱は衰えず、音楽は私にもっと豊かな感情を与えています。

昔、中国の日本料理店は多くありませんでした。北京、上海、広州などの大都市にはいくつかありますが、彼らの多くは中国に長く住んで働いている日本人のために提供されています。今では郊外の住宅都市にも日本料理店があり、主な取引先は現地の中国人です。中国には「民は食を天と為す」という古語があり、『史記』管仲はかつて「王者は民を天と為し、民は食を天と為し、天の天を知ることができる者は、斯可なり」と言った。食事問題を解決するのは昔から今まで、一つの国、一つの家庭、普通の庶民の最も重要な問題だった。人々の生活水準が高まるにつれて、料理の品質に対する要求もますます高まっている。特に中国料理の味は更に多すぎて、天南地北の川料理、湘菜、広東料理、魯菜など、味は麻辣、甘酸っぱい、あっさりなどがあって、例えば麻婆豆腐、麻辣でまた人を中毒させます。

2022年は日中国交正常化50周年です。民間経済貿易交流がより一層向上し、両国の文化交流がより緊密になることを心から祈っています。

池添洋一

伊藤忠（中国）グループ有限公司代表取締役

2022年8月30日

【第一部分】

日本长寿企业经营理念：工匠精神

1. 龟甲万

——带给世界美味与健康

专访 龟甲万（上海）贸易有限公司董事兼总经理布泽信之

日本龟甲万株式会社位于千叶县野田市，迄今已有300多年的酱油酿造历史，并在世界各地设有工厂。

现在的超市有许多品牌的酱油价格都很高，因此消费者并不觉得龟甲万的酱油很贵。

龟甲万的企业理念是消费者至上，并谨记用心酿造安全且令人放心的酱油。

“龟甲万”长寿秘诀是什么

龟甲万公司年营收高达20亿美元，是有名的日本食品调味料制造商及供应商。它大胆创新的管理制度及营销策略已成为业界典范，其善用自身优势，以准确的眼光长期投资生物、生化科技及基因工程，实现了企业与科学的最佳结合。本篇专访叙述了龟甲万如何从17世纪的日本小村落野田起家，一步一步成长为全球化集团的故事。

1917年，一直从事酿造行业的八个家族共同创立了龟甲万公司。

其中创立亀甲万前身“野田酱油株式会社”的茂木家族、高梨家族等都有悠久的酱油酿造历史。早在17世纪初，高梨家族第十九代家主高梨兵左卫门就已开始在日本野田地区酿造酱油。

历史悠久的亀甲万自设立法人开始也已经历了100年风雨。正因为是家族企业，所以更需要那些使命感强、对公司满怀热情的人才。所以，即使是家族成员以外的职员，如果合适，也会被委以重任。

左一：王景辰，左二：布泽信之，右二：吴晓唯，右一：张媛

1. キッコーマン

インタビュー　キッコーマン（上海）貿易有限公司取締役兼総経理布沢信之

日本の「キッコーマン」醤油ブランドキッコーマンは17世紀に千葉県野田市で醤油醸造を開始しました。これまで300年以上の歴史があり、世界各国に工場があります。

現在のスーパーを見ると、他のブランドでも高い価格の醤油が多く、キッコーマン醤油が高いという印象は受けません。キッコーマンは顧客本位を経営理念とし、安全で安心な醤油の醸造を常にこころがけています。醸造は発酵という自然の力、微生物の力を活用するので、自然を強く意識しています。

キッコーマンの企業の長寿の秘訣は何ですか

キッコーマンはの醸造の歴史を持つ日本のファミリー企業で、世界的な日本の食品調味料メーカーであり、サプライヤーでもあります。大胆で革新的な管理制度とマーケティング戦略は他の企業の参考にもなっています。その特徴は、正確な視点で長期的に生物、バイオテクノロジー、遺伝子工学などの分野に積極的に投資し、企業と科学の最適な組み合わせを目指していると

ころではないでしょうか。本文は、キッコーマンが17 世紀の日本の小村である野田から醤油を作り始めたことについて述べています。

1917 年、それまで醸造に携わってきた 8 家族が共同でキッコーマンを会社として設立しました。キッコーマンの前身である「野田醤油株式会社」を共同で創設した茂木家や高梨家など8つの家族は、長い醤油醸造の歴史を持っています。古くは17 世紀から高梨家第十九代の主人である高梨兵左衛門はすでに日本野田地区で醤油の醸造を開始しました。

キッコーマンは創業から300 年以上の歴史を持ち、法人設立以来 100 年の風雨を経験してきて、協力し合う8つの家族が一つの企業になりました。ファミリー企業は使命感が強く、会社に情熱を持っている人が多いというメリットを活用する必要があります。しかし、創業家以外の社員に機会を与えないわけではありません。適任者がいれば、キッコーマンは創業家以外の社員にも積極的に重責を任せてきました。

左一の方：王景辰、左二の方：布泽信之、右二の方：吴晓唯、右一の方：张媛

2. 蝶矢

——专注青梅酒　赢世界口碑

“蝶矢”创立于1914年，距今已有108年历史。

专访　日本蝶矢梅酒株式会社中国区董事兼副总经理徐勇

什么是梅酒

梅酒是一种日本传统利口酒，它讲求甜度、酸度的绝佳平衡，酒中散发着梅果核的独特清香，深受日本人的喜爱。在古代日本医学中，梅子被日本人当作一种补品。梅酒是把梅子与糖一起浸入烈酒中制作而成，这种方法可以提取梅子中的独特成分，绵软口感和芳香通过自然缓慢的浸泡陈酿过程而被提取出来。

蝶矢（俏雅梅酒）在中国

青梅起源于中国，早在三国时期就有“青梅煮酒论英雄”之语。蝶矢企业自行研制生产和销售梅酒、葡萄酒、果实酒等产品，其品牌在日本家喻户晓，在梅酒市场的占有率也是数一数二。经过蝶矢的不断努力创新，作为日本传统酒的梅酒已在世界50多个国家和地区被人们接受和喜爱。蝶矢看好中国市场，1995年在上海创立蝶矢梅酒（上海）有限公司。

在日本总公司的技术指导和经营管理下，分公司采用中国国产优质青梅，配合日本传统梅酒生产工艺，成功地开发出了新一代正宗梅酒，以其酸甜甘醇的口感广泛赢得消费者的喜爱。

使命与企业文化

使命：将使用青梅增益健康的文化传统传承下去。

革新：追求青梅新潜能（美味和机能），向世人提供更好更先进的商品，向世界传达青梅的魅力。

产农一体：为追求更高品质的青梅，从治理土地到培育青梅，使俏雅和质朴融为一体。

左：徐勇，右：王景辰

2. 蝶矢

「蝶矢」は1914 年に創立されました。今から108 年の歴史食品企業。

インタビュー　日本蝶矢梅酒株式会社、中国区の取締役副総経理徐勇

何が梅酒ですか

日本の伝統的なリキュールです。甘みと酸度のバランスがとてもいいです。お酒の中で梅の種の独特な香りがします。古代日本医学では梅は日本人に健康補助品とされていました。梅酒は梅と砂糖を蒸留酒に漬けて作った。この造り方は梅の独特なエキスを抽出することができます。柔らかい食感と香りは自然にゆっくりと熟成されて抽出されました。梅酒は伝統のリキュールとして日本人に親しまれています。

蝶矢（チョーヤ梅酒）は中国にあります

梅は中国が起源で、早くも三国時代にあります、「梅は酒を煮て英雄を語る」。蝶矢企業は梅酒、ワイン、果実酒などの製品を開発して販売しています。CHOYAブランドは日本でも一番有名で

す。梅酒の市場占有率も 1 位です。蝶矢の努力によって、日本の伝統酒である梅酒は世界 60カ国以上で愛用されています。蝶矢さんは中国市場を見て、1995 年に蝶矢梅酒（上海）を創立しました。

日本の技術指導と経営管理のもと、中国産の優良な梅を採用し、日本の伝統梅酒の生産技術に合わせて、新世代中国産の本格梅酒を開発しました。甘酸っぱい味で消費者に人気があります。中国の商品（蝶矢）梅酒もおいしくて日本の伝統的なリキュールです。甘みと酸味のバランスがとても良いです。お酒の中に梅の実の独特な香りがあります。

使命と企業文化

使命梅を使って健康的な文化伝統を受け継ぎ続けます。

革新：梅の新しい潜在能力（美味しいと機能）を追求します。より進化した商品を提供し、世界に梅の魅力を伝えます。

産農一体：より高い品質の梅を追求し、土地管理から梅の栽培まで、美しく、農家と一体になります。

左の方：徐勇、右の方：王景辰

3. 朝日

——专注啤酒技术

朝日啤酒创立于1889年，距今已有133年历史，是日本最著名的啤酒制造厂商之一。

专访 朝日啤酒（中国）投资有限公司华南本部本部长、广州分公司总经理崎田淳也

左：王景辰，右：崎田淳也

朝日啤酒株式会社在日本拥有较高的市场占有率。

1987年3月17日Asahi Super Dry（朝日生啤）正式上市，一经推出就广受消费者欢迎，其热卖的程度甚至超出了公司的预期。在不断追加生产的情况下，还是出现了断货的情况，公司前所未有地在报纸上登出了断货道歉广告。朝日生啤对啤酒市场如此巨大的冲击，引起了各家啤酒公司的模仿，Asahi Super Dry在销售第二年就引爆了各品牌间的“Dry Beer之战”。面对如此激烈的竞争，Asahi Super Dry仍屹立不倒，广受消费者青睐，销量不降反升。

为满足消费者不断增长的需求，朝日全面更新了工厂设备，使得Asahi Super Dry在上市销售第三年就突破一亿箱的销量，创下了辉煌的纪录。

如今Asahi Super Dry持续进行创新，不停地自我挑战、自我革新，给消费者带来更美味的啤酒。

对于啤酒，你有自己喜欢的口味吗？
5000人
啤酒口味偏好调查
像选饮料一样，选择自己喜爱的啤酒口味，
现今看似理所当然的事，在Asahi Super Dry上市前，
却是一种颠覆性的想法。
当时，消费者对啤酒的味道，只有一种感受：苦。
然而，就是这个原因，
激发了Asahi决定打破常规的决心，
以“创造出消费者心中理想的啤酒”为出发点，
并在东京、大阪展开2次，
涉及人数高达5 000人的啤酒口味偏好调查。
大阪
东京
更爽口的啤酒
百喝不厌的啤酒
能搭配任何食物的啤酒
Asahi由这样的调查结果，
决定将新啤酒口味的
概念定为：口感顺滑、清澈无杂味的啤酒。
也开启了Asahi Super Dry的第一步。

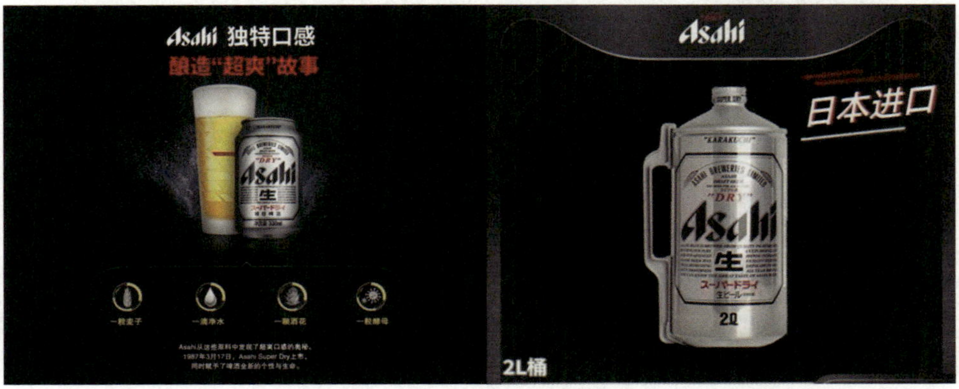
Asahi 独特口感
酿造“超爽”故事
Asahi
日本进口
2L桶

3. 朝日

「朝日」ビールは1889年に創業し、133年歴史ガある企業。

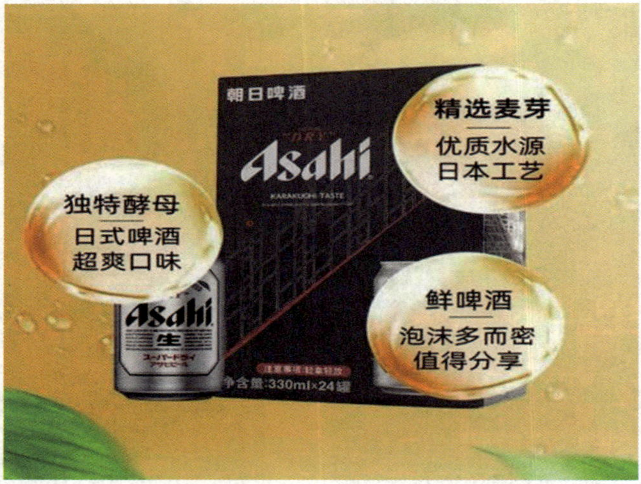

インタビュー アサヒビール（中国）投資有限公司華南本部本部長広州支社総経理崎田淳也

アサヒビール株式会社は日本で最も有名なビールメーカーの一つである、アサヒは日本で高いシェアを持っている。

1987年3月17日にAsahiスーパードライが発売され、発売されると消費者に人気があり、そのヒットは会社自身の予想を上回った。生産量が増え続けた中で、結局品切れになり、新聞に品切れ謝罪の広告が掲載された。このようなビール市場への衝撃は、ビール各社の模倣を引き起こし、Asahiスーパードライは販売翌年、各ブランド間の「Dry Beerの戦い」を勃発させた。このような激しい競争に直面してもAsahiスーパードライは消費者の熱烈な支持をいただき、販売量を伸ばしていった。

消費者の増加する需要を満たすために、Asahiは工場設備を全面的に更新し、Asahiスーパードライは販売3年目に1億箱の販売を突破し、輝かしい記録を樹立した。

今現在もAsahiスーパードライは常に革新的な考え方で、絶えず自己挑戦し、自己革新し、消費者により良い美味しさを与えています。

4. 麒麟

——第一道麦汁酿造工艺

麒麟啤酒是日本著名的啤酒厂家之一。其诞生于 1888 年，从那时开始就使用圣兽麒麟作为商标，拥有 134 年历史。

专访 麒麟（中国）投资有限公司董事兼总经理安藤弘之

麒麟是中国古代传说中的一种瑞兽，古人认为，麒麟出没处，必有祥瑞。传说中麒麟是仁慈、善良的“仁兽”，被描述为“不踩踏活虫，不折断草木”的“百兽之首”，也被认为是“天下太平的标志”。

麒麟公司的旗舰产品“一番榨”啤酒诞生于 1990 年，采用独特的“一番榨制法”，只萃取过滤工序中第一道麦汁酿造而成的啤酒，醇厚雅致且后味清爽。麒麟一番榨啤酒完全采用麦芽酿造，为充分发挥麦芽原本的美味，在生产中投入优质麦芽，使啤酒产生细腻的口感。

麒麟（中国）投资有限公司成立于2004年，基于顾客为本、品质至上的经营方针，为社会创造价值。并积极引进日本的季节限定品及健康机能型商品，通过创造细腻的口感与温馨的氛围，为提高中国消费者生活品质而持续努力。

左：王景辰，右：安藤弘之

4. キリン

キリンビールは134 年以上の歴史を持つ日本を代表するビールメーカーの一つです。「キリンビール」のブランドが誕生したのは1888 年のことでした。その当時から聖獣麒麟を商標に使用しています。

インタビュー　麒麟（中国）投資有限公司取締役社長安藤弘之

麒麟は、紀元前から中国に伝わる伝説上の動物で、慶事の前に現れると言われ、おめでたい印とも考えられています。他を慈しみ、思いやりを持った動物で“仁獣”とも表現され、“生きている虫を踏まず、草を折らない”、“百獣の長”であり、また“泰平の印”、とも言われています。

主力商品の「一番搾り」は1990 年に誕生し、独特な「一番搾り製法」で一番搾り麦汁のみでつくるビールです。上品なコクがあり、のどごしが爽快で、後口がさっぱりしているビールです。麦芽 100%、麦本来のうまみをたっぷりと引き出すため、麦芽を贅沢に使用し、お客様の繊細な味覚を満足させます。

2004年に麒麟（中国）投資有限公司が設立されました。キリンはお客様本位・品質本位を基本姿勢に活動しています。日本からの季節限定品や健康機能系輸入商品も積極的に展開し、クオリティを伴ったビールライフスタイルと豊かな時間をお届けしています。

左の方：王景辰、右の方：安藤弘之

5. 荏原

——把一件小事做到极致

荏原食品创立于1958年，是一家具有64年历史的食品企业。

专访 荏原食品（上海）有限公司董事兼总经理井深治

2005年日本荏原食品工业株式会社在中国投资建立分公司，分公司以复合调味料的制造和销售为主要业务。公司的事务所负责处理日常接待及销售事务，位于松江的新工厂于2009年5月正式投入生产。

荏原食品（上海）有限公司秉承“美味、简便、健康”三大理念，陆续推出了烧肉调味液、猪骨白汤、浓鸡汤、鳗鱼烧烤汁、韩式泡菜火锅调味液等产品，在市场上获得了好评。新工厂采用日本的5S管理体制，并且实现了从原材料储藏、配料到生产直至成品装箱等工序的基本自动化，对产品制造全过程实施安全可信任的品质管理。

营业部

2005 年 4 月，荏原食品（上海）有限公司营业部正式成立。随着新产品的不断开发，营业部的业绩节节上升。目前，除了上海的营业部以外，公司在其他城市也设立了办事处。营业部目前以批发装产品销售为主，因受到越来越多终端客户的认可，顺势推出了商超产品，并开始进军全国各大超市。营业部的目标是把荏原打造成复合调味品的第一品牌。

不懈的品管与研发

品管：为了严格控制产品的质量，公司设立了品管部。品管部自设立以来，导入先进的管理模式，在专业技术人员的引导下，不断引进最新的分析仪器和分析技术、吸纳优秀人才，现已成为荏原食品（上海）有限公司品质保证的坚实基础。

品管部主要职责分为两部分：一是对原材料的选用、进货，到产品的调配、灌装、包装乃至流通等全过程进行严密的品质监控。二是制订完善的员工培训计划，定期组织人员培训，为公司输送优秀的合格人才。品管部秉承公司一贯的经营理念：致力于为广大顾客提供健康、值得信赖的产品。

研发：研发部拥有优秀的人才与专业的开发团队。为了适应市场需求，给广大消费者提供更美味、更便利的产品而不断尝试，勇于创新，积极主动开发新的产品；为了适应不同客户的不同需求，从事有针对性的产品开发，并为客户提供产品新菜谱的试用。研发部以“追求完美”“简单方便”“健康”为座右铭，提供安全、令人安心的产品。

研发部确立的理念：我们对顾客满怀热忱；我们对自己满怀期待。敢于挑战的荏原食品，致力于发现撩动心弦和令人期许兴奋的新美味。

让历史和现实握手

历史：荏原食品成立初期主要生产调味液、番茄酱汁、速食拉面等产品。在 1967 年销售札幌拉面味噌汤底和拉面白汤一举成名之后，1978 年又推出了大受欢迎的黄金烧肉汁，成为日本家喻户晓的品牌。

数据：在日本，荏原食品的调味料占据了相当大的市场，数据显示日本家庭在购买烧烤酱汁时，每购买 2 瓶烧烤酱汁就有 1 瓶是荏原的。

工厂：上海松江工厂严格遵守 5S 管理理念，贯彻品质管理和安全管理标准，以更安全、更稳定的品质，不懈追求新美味。

市场：在中国，烧肉调味液被当作辅料用于烹饪，被很多厨师广泛使用。近些年随着烤肉的流行，很多日本烤肉连锁店和中国烤肉连锁店也选用了荏原的烧烤酱汁。

超市：在日本，许多超市货架上都堆满了荏原调味料。值得一提的是，生鲜和调味料的搭配销售模式在日本非常流行，这种新的合作形式也让双方收到了 1 +1 >2 的效果。

左一：邢美诗，左二：王景辰，中：井深治，右二：吴晓唯，右一：吴肖丽

景辰主编点评

井深治先生说“做事，把一件小事做到极致……老板的自信就是企业最好的品牌，你信员工才信”。在如今快节奏的浮躁时代，关于“专注与多元”的论述比比皆是，一个企业要长久，企业经营者必须让心静下来，专注把一件小事做到极致，如此才有资格去谈多元化。

5. 荏原

エバラ食品工業株式会社は1958 年に創立され、64 年の歴史がある食品企業。

インタビュー　荏原食品（上海）有限公司取締役兼総経理井深治

2005 年に日本のエバラ食品工業株式会社が中国に投資して設立し、複合調味料の製造と販売を主な業務としています。会社は営業事務所を置き、日常の販売業務をしています。また、松江区に設立された工場は 2009 年 5 月に生産を開始しました。上海の荏原は「こころ、はずむ、おいしさ」の提供という理念を受け継ぎ、焼肉のたれ、豚骨スープ、すき焼きのたれ、キムチ鍋などさまざまな鍋調味液などの商品を続々と発売し、中国市場で好評を得ました。松江にある工場は日本の先進的な 5S 管理体制を採用し、原材料の貯蔵から原料の生産、完成品の箱詰めまでの各工程の基本自動化を実現しました。営業部の業績は順調に伸びています。現在、上海の営部を除いて、広州にも営業事務所を開設しました。

営業部

営業部は現在、業務用の製品の販売を主として、末端の顧客からも好評を得ており、家庭用商品も製造し、中国の日系スーパーとネット販売を中心に展開しています。営業部の目標は、荏原を複合調味料の焼肉のたれを第一ブランドにすることです。

怠らない品管と研究開発

厳格に製品の品質安全を保持するため、品管部を設立しました。設立以来、先進的な日本式管理モデルを導入し、会社の品質保証の堅固な基礎になりました。品質管理部の主な職責は二つの部分に分けられています。一つは原材料の選択、仕入れから製品の調合、充填、包装及び流通までの全過程で厳密な品質管理を行っています。第二に、徹底した社員研修制度を制定し、定期的に人員の研修を行い、優秀な人材を育成する。品質管理部は会社の一貫した経営理念を受け継いでいます。多くのお客様に健康と信頼できる製品を提供することに力を尽くしています。

研究開発部は優秀な人材と専門の開発チームを持っています。開発部は市場の需要に応じて、多くのユーザー消費者に美味しく、さらに便利な製品を提供するために、絶えず試作をおこない、積極的に新しい製品を開発しています。また、お客様の様々なニーズに対応するために、専門的な製品開発を提供し、お客様に製品の新しいメニューを提案しています。研究開発部は「美味しい」「簡単」「健康」をモットーに、安全で安心な製品を提供しています。研究開発部が確立した理念：お客様に対して熱情を持って対応しています。私たちは常に挑戦していきます。荏原食品は、心を揺さぶる新たなおいしさを発見し、ワクワクする新しい味を開発することに力を入れていきます。

歴史から現在を紐解く

エバラ食品工業は1968年に札幌ラーメンのみそ味とガラスープを販売して業務用商品で一躍有名になりました。1978年に現在まで人気の焼肉のたれ黄金の味が発売され、日本全で有名なブランドになりました。

日本では、エバラ

の調味料がかなりの市場を占めています。家庭用焼肉のたれ群、すき焼きのたれ群、浅漬け調味料群では大きく市場を占めています。

上海松江工場は日本の 5S 理念を厳守し、品質管理と安全管理基準を徹底し、より安全で安定した品質で、味を追求しています。

中国では焼肉のたれを中国料理の隠し味として料理人のあいだで広く使われています。最近では焼肉ブームにより、焼肉のたれを発売するメーカーも非常に多く競争が激化しています。荏原食品も中国料理店の販売に加え日式焼肉チェーン店も急激に増加して市場も拡大し成長しています。

日本では多くのスーパーの棚にエバラの調味料が積まれています。特に、生鮮と調味料の組み合わせで販売するモデルが日本では主流になっています。この販売手法も今後中国市場で生かし家庭用販売につなげていきたいです。

左一の方：邢美诗、左二の方：王景辰、中の方：井深治、右二の方：吴晓唯、右一の方：吴肖丽

景辰編集長のコメント

井深治さんは「事を成す」という小さなことを極めて、社長の自信こそが一番いいブランドです。社長が自信を持つことが社員の自信に繋がります。筆者は今速いリズムの時代を「一つの小さなことを極めてこそ、多元化を語る資格がある」と悟りました。

6. 宝酒造

——“一刻者”产品精神

专访 宝酒造食品有限公司广州分公司总经理古贺照康

“寳”是会意字，是指家里的玉器（王）、钱币（貝），还有陶罐（缶）。陶罐就是盛酒的容器，美酒也是人类的宝物。1897 年，“寳”首先在味淋品类注册了商标。1912 年，“寳”商标的烧酎在东京市场推出，风靡一时。

长期以来，“寳”“宝”“タカラ”（“宝”的片假名）商标的味淋和烧酎一直引领市场，保持领先地位。“TaKaRa”（“宝”的英文名）商标的 CHU－HI（烧酎鸡尾酒）也广受欢迎。

“松竹梅”品牌源自中国文化中的“岁寒三友”，指三种在寒冬时节仍可保持顽强生命力的植物。在中国传统文化中，“岁寒三友”是高尚人格的象征，也借以比喻忠贞的友谊。由松竹梅合成的图案是中国古代器物、服装和建筑上常用的装饰题材，也是中国画的常见题材，画作常以“三友图”命名。松树的坚强、竹子的清新、梅花的高洁，一直为世人所传颂和景仰。

松竹梅在日本有喜庆之意。在日本许多地方，还保留着新年在门前摆放松树和竹子的装饰物的习俗。1920 年，“松竹梅”商标在日本注册，开启了松竹梅清酒超过一百年的品牌历史。在日本，喜庆的清酒“松竹梅”成为大家在欢聚时刻的首选。

宝酒造在中国

宝酒造食品有限公司由宝酒造株式会社与北京二商集团合作成立，1995年在人民大会堂举行了成立仪式，在北京南苑设立了现代化酿酒厂。宝酒造食品有限公司延续上百年的酿酒历史，精心酿制各种日式酒类，并进口宝酒造集团旗下产品，长期为中国的餐饮市场提供多种多样的日式酒类产品。

秉承宝酒造重视质量的一贯传统，松竹梅清酒和优佳一、一刻者、知心剑等产品口味正宗，广受欢迎。宝本味淋日式调味料酒和宝料理清酒在日餐烹饪行业中享有盛誉，深受欢迎。

宝酒造株式会社在日本拥有6家酿酒厂，包括松户酿酒厂、楠酿酒厂、伏见酿酒厂、白壁藏酿酒厂、黑壁藏酿酒厂和岛原酿酒厂。

京都伏见酿酒厂是宝酒造的主力清酒酿造厂，拥有大型的先进酿酒设备及完善的生产管理系统，酿酒用水为京都的名水“伏水（Fushimizu）”。

神户松竹梅白壁藏酿酒厂使用先进技术及酿酒设备，高度再现传统的酿酒工艺，产出高品质的高级清酒。酿造用水为名水“宫水（Miyamizu）”。

一刻者甘薯烧酒

- 一刻者（Ikomon）是南九州方言，意为“顽固的人”，表达了酒庄对造酒的不懈与坚守。
- 烧酒在日语中称烧酎（Shochu），按日本《酒税法》，酒分甲、乙两类，一刻者甘薯烧酒为乙类烧酒。
  乙类烧酒在制作中采用不同种类原料、酵母菌及不同酿制方法，使烧酒风味多样、口感丰富。
- 一刻者甘薯烧酒所用甘薯，100%选用日本南九州地区所产萨摩甘薯（Satsuma-Imo）。日本九州鹿儿岛地区古称萨摩，生产的甘薯是“薯中上品”，柔软甘甜。

景辰主编点评

人们常说“酿酒不如卖酒，卖酒不如品酒，品酒不如懂酒”，对于笔者而言，懂酒不如体会产品背后的匠人精神，“好产品自己会说话”，在松竹梅清酒中可以感受到“一刻者”的匠人精神。

左：王景辰，右：古贺照康

6. 宝酒造

インタビュー　宝酒造食品有限公司広州分公司総経理古賀照康

寶は表意文字で、家の中の玉器（王）、貨幣（貝）、そして陶缶（缶）はすべて宝であるということです。この陶缶は酒類貯蔵容器です。美酒も人類の宝なりです。1897 年、「寶」はまずみりんの品目で商標登録しました。1912 年、「寶」商標の焼酎が東京で発売され、一世を風靡しました。

以来、「寶」「宝」「タカラ」というブランドでみりんや焼酎で市場をリードしてきました。TaKaRaの商標のCHU－HI（チューハイ）も一世を風靡しました。

松竹梅ブランドは中国文化の中の「歳寒三友」に由来します。「歳寒三友」とは松、竹、梅といった冬の時期にも強い生命力を保つ三種の植物のことです。中国の伝統文化の中で、「歳寒三友」は崇高な人格の象徴であり、変わらない友情を称える時にも使われています。松、竹、梅から構成される「歳寒三友」の模様は中国古代の物品、服装や建築でよく使用され、中国画のよくある題材でもあり、「三友図」と称されます。松の強さ、竹の清々しさ、梅の高潔さは、いつも世間に言い伝えられ、敬慕されています。

松竹梅は日本でおめでたいという意味があります。日本の多くの地方では、お正月に松や竹の飾りを玄関に置く風習が残っています。1920 年、「松竹梅」は日本で商標登録され、清酒「松竹梅」の百年を超えたブランドの歴史が始まりました。日本ではお祝いの日に、楽しく集う時に、喜びのお酒「松竹梅」が選ばれます。

中国にある宝酒造

宝酒造食品有限公司は宝酒造株式会社と北京二商集団により創立し、1995 年に人民大会堂で創立式を行い、北京南苑に近代的な醸造工場を設立しました。宝酒造の百年の歴史を継承し、各種の日式酒類を丹念につくり、長期にわたり中国の和食市場に多様な日式酒類製品を提供し続けています。

宝酒造の品質重視の一貫した伝統により、清酒「松竹梅」と焼酎「よかいち」「一刻者」「知心剣」などの日式焼酎は正統な味わいで、広く受け入れられています。タカラ本みりんとタカラ料理用清酒は和食料理業界で高い名声を受け、人気があります。食品の安全を確保することは常に宝酒造に最優先の方針です。品質をしっかりと守り、決して妥協しません。

宝酒造株式会社は日本に 6つの工場を持っています。松戸工場、楠工場、伏見工場、白壁蔵、黒壁蔵、島原工場です。

京都の伏見工場は宝酒造の主力清酒醸造工場で、京都の名水「伏水

（Fushimizu）」を醸造用水として使用しています。大型の先進醸造設備及び高度な生産管理システムを持っています。

神戸の白壁蔵は先進技術と醸造設備を用いて、高度な伝統技術を再現し、高級清酒の醸造を安定的で高品質に実現させています。醸造水には名水「宮水（Miyamizu）」を使用しています。

黒壁蔵は宮崎にあり、宝酒造の焼酎の主力工場です。手付かずの大自然のような景色の中で、伝統的な焼酎醸造技術を継承し、発展し続けます。

景辰編集長のコメント

「酒造りよりは酒売りがまし、酒売りよりは酒飲みがまし、酒飲みよりは酒知りがまし」と言われています。筆者にしてみれば、酒知りよりは、製品の背後にある匠の精神を体感するほうが良く、「良い商品は自ら語る」のことわざの如く、清酒松竹梅の中に、「一生懸命に努力する」匠の精神を感じます。

左：王景辰、右：古賀照康

7. 三得利

——水哲学

专访　日本三得利中国饮料事业总经理小林功

日本三得利株式会社创立于1899年，至今已有123年历史。三得利是一个国际化、多品类、多领域经营的大型跨国集团，业务涉及酒类、饮料食品、保健品、餐饮管理和花卉等，经营区域涵盖了40多个国家和地区。

人与自然和谐共存

这句话体现了三得利集团的企业理念，即“通过产品和服务，发展满足人类需求的丰富的文化生活，感恩提供产品源泉的大自然的恩泽，大力开展企业活动，为健全可循环的自然生态体系作贡献”。

2021年9月3日，王景辰访问三得利（中国）投资有限公司食品事业部总经理小林功

左：王景辰，右：小林功

“与水共生”的“水哲学”

“水”这一物质所具有的温和、柔软、润泽、自然、自在、清新、活力等特点，正符合三得利的精神。标语也表明了三得利集团的决心——“保护地球上有限且宝贵的水资源”，并且，员工要“像水一样柔软，始终保持灵活的思维，不断挑战新课题，为企业持续创造新的价值”。

利益三分主义

企业取得的利益不仅用于“事业再投资”，还必须“回报顾客”“回报社会”，这就是三得利自始至终遵循的“利益三分主义”。

志在新，勇于行

三得利集团要求员工富有果敢的挑战精神——“志在新，勇于行”。这一理念在以前、现在、未来，都是三得利事业前进的原动力和价值观。

7. サントリー

インタビュー　日本サントリー中国飲料事業総経理小林功

サントリーは株式会社 1899 年に創立され、123 年の歴史がある企業です。日本サントリーは国際化、多角経営の大型多国籍企業で、酒類、飲料、健康食品、外食、花などの事業を 40 以上の国と地域で展開しています。

人と自然と響きあう

「人と自然と響きあう」という言葉はサントリーグループの企業理念を表しています。商品やサービスを通じてお客様の生活文化を潤い豊かなものにしていきます。そして、商品の源泉である自然の恵みに感謝し、恵みを生み出す自然の生態系が健全に循環するように力を尽くします。

2021 年 9 月 3 日、景辰編集長がサントリー（中国）投資有限公司食品事業部総経理小林功氏を訪問

左の方：王景辰、右の方：小林功

「水と生きる」である「水の哲学」

「水」が持つ温和、柔軟、潤沢、自然、自在、清新な活力等の特徴は、サントリーの精神に合致しています。すべての社員が水のように柔軟に常に新しいテーマに挑戦し、新たな価値を創造する企業であり続けたいと考えています。

利益三分主義

事業で得た利益は、「事業への再投資」にとどまらず、「お得意先・お取引先へのサービス」や「社会への貢献」にも役立てていきましょう。そんな思いを言葉にするのは「利益三分主義」です。

やってみなはれ

常に果敢なチャレンジ精神である「やってみなはれ」は、昔も現在も未来もサントリーの事業の原動力となる価値観です。

8. 味滋康

——两个原点的长寿秘诀

专访 味滋康（中国）商业贸易有限公司总经理剑持厚志

日本著名食醋企业味滋康于1804年创立，有着200多年的制醋历史。在这200多年的变革与创新中，味滋康在世界各地不断扩展业务，现已成长为日本主要的食品制造商之一。

“味滋康”200年积淀，传承精湛滋味

历史变迁，我自岿然。1804年，一直从事酿酒行业的中野又左卫门研发出以清酒糟粕为原料的醋的制造工艺，利用自然发酵制作食醋，开启了事业。1811年味滋康开设“醋藏”（现半田第一工厂前身），正式开始酿醋业务。1887年，公司完成“味滋康”商标注册，并沿用至今。

日本人对醋的喜爱由来已久。日本大众食品"寿司（Sushi）"中的"Su"在日语中就是"醋"的发音。日本各大食品制造商推出的各类商品，不仅在美味方面，而且在安全与健康方面竞争都很激烈，不仅为众多食品制造商的发展带来了挑战，也为其中佼佼者的脱颖而出创造了机遇。味滋康作为一家致力于研发和生产优质调味品的企业，凭借深厚的历史积淀、严谨的质量监控和优质的畅销商品始终走在行业前列。

醋是厨房中必备的调味品

食醋的制造离不开发酵。是什么让我们的味蕾感受到醋酸？那就是醋酸菌。为了继续深耕美味的醋，创业以来味滋康始终坚持培育醋酸菌，并不断革新发酵酿造技术。截至 2021 年 3 月，该企业研究所拥有醋酸菌 1 089 种，醋酸菌株 8 218 株。

味滋康商标的由来

味滋康品牌商标以中野家族的家徽为基础设计而成，在三条线下面加上一个"〇"，借鉴了"乾坤一元"的易学理念，寓意普天之下广为流传；同时含有将醋的"风味、口感、香气"这些特征进行完美结合的意思。

不仅如此，味滋康还开设了介绍传承至今的制醋理念和技术，以及食醋历史的"醋之乡"博物馆，于 1986 年开始向大众开放。2015 年 11 月，该博物馆更名为味滋康博物馆。

匠心独创，打造属于自己的“食代”

优质的产品离不开精益求精的技术与匠心。味滋康产品种类繁多，主要分为家庭类和餐饮服务类。味滋康（中国）商业贸易有限公司的家庭用调味料包括米醋、苹果醋、谷物醋等；餐饮服务用调味料包含柑橘醋酱汁、寿司调味液、日式调味汁、味滋康白醋10°等，其中最著名的当属酿造醋“白菊®”。

1951年，用于寿司的米醋“白菊®”被开发出来，受到以名店为首的世界各地寿司店的支持并被广泛使用。除了醋产品以外，味滋康还生产柑橘醋酱汁等多种调味品，以提供安全放心的产品为目标，不断探索新领域。

味滋康的产品销往欧洲、亚洲、北美洲等多个国家和地区，其中用于寿司的醋产品最受世界各地寿司店的好评与赞誉。

忠于品质，勇于开拓

味滋康于1948年揭开了企业发展的又一新篇章。这一年味滋康的产品开始出口美国，此举为它日后实施全球化发展战略埋下了伏笔。

秉承“从客户的角度出发提供安全、令人安心的产品”的理念，味滋康于1968年举办了“纯正食品”的推广活动。推出“追求质量，味滋康100%纯酿造醋”这一口号并开展一系列活动。有了前期产品出口美国的经验积累，1981年公司全球战略正式启动，收购了美国AIC公司等几家大型醋制造商，实现了在美国业务的扩展。

销售网络遍及全球

味滋康产品涵盖调味品、加工食品、纳豆等多个领域，共拥有 25 个生产基地，其中在日本有 8 个工厂，在美国有 15 个工厂，在英国有 2 个工厂，并在日本多个主要城市以及欧美和亚洲的主要城市设有销售基地。企业共有员工约 3 700 人，形成了覆盖全球的销售网络。历经 200 余年的变革与创新，味滋康现已发展为一家业务遍及全球的食品制造商。

“味滋康”百年长寿基因

在 200 多年历史中，味滋康员工始终牢记“两个原点”，时刻以“通过提高质量来提高业绩”为目标并加以实践。两个原点一是“时刻为消费者着想，真诚提供品质优良的产品”，二是“不甘于现状，积极进取”。

8. 味滋康

インタビュー　味滋康（中国）商業貿易有限公司総経理剣持厚志

日本有名食酢企業ミツカンは1804年に創業し、日本で200年以上のお酢造りの歴史がある。その歴史の変遷の中で、新たなる変革と挑戦への強い意志を持ちながら、世界に進出し、事業を拡大し、日本の主要食品メーカーの一つに成長してきた。

200年以上の歴史の重みある「味滋康」、そのおいしさを次世代へ

ミツカンの創業者・初代中野又左衛門は、もともとは造り酒屋だったが、酒造りの過程で生まれる大量の「酒粕」を原料として再利用し、お酢の事業を始める。1811年に酢蔵を開設し（のちの半田第一工場）、本格的に粕酢造りを始める。1887年ミツカンマークの商標登録が完了し、現在に至る。

日本の人々が古くからお酢を愛用している。国民食のお寿司にあるアルファベットのSuはまさに日本語におけるお酢の発音と一致する。日本の各食品メーカーは色んな商品を送り出している。それは、美味しさだけでなく、安全と健康の面においても各社研鑽を重ねてきた。そのよう

な競争環境の中で、市場でトップシェアをもつ商品をいくつも有していることは、その優秀さは言わずもがな。良質な調味料を開発、製造している会社として、ミツカンは長年の研究から品質コントロールに細心の注意を図り、数多くの優秀なロングセラー商品を世に送り出しており、業界をリードしている会社である。

お酢は厨房に不可欠な調味料

お酢の製造には醗酵の力が欠かせない。私たちが感じるお酢の酸味は一体何の働きによるのか？それは酢酸。おいしいお酢を造り続けるために、創業以来、酢酸菌を育み、醗酵醸造技術を革新し続けてきた。現在、研究所では酢酸菌 1 089 種類を含む8 218 株の菌株を保有している（2021 年 3 月時点）。

ミツカン商標の由来

1887 年に中野家の家紋をベースに考案したミツカンマークを商標登録した。三本線下に〇をつけた商標デザインは「天下一円にあまねし」という易学上の理念を表す。また、おいしいお酢の特徴である「味、利き、香りを丸くおさめる」という意味も込めた。

それだけでなく、200 年以上の歴史を受け継がれてきたミツカンは、これまで受け継がれてきた酢づくりの精神と技術、食酢に関する情報を紹介する「酢の里」を開設し、1986 年から一般公開。なお、2015 年 11 月に、「酢の里」は、「MIZKAN　MUSEUM」として生まれ変わった。

匠の独創　ミツカンの食の時代

ミツカンの商品は豊富で、家庭用や業務用などの商品が展開されている。ミツカン中国では家庭用の米酢、リンゴ酢、穀物酢などに加え、業務用の味ぽん、寿司調味料、日式調味料（つゆ製品）、ミツカン白酢 10°などがある。その中で、もっとも知られているのは醸造酢「白菊®」。

1951 年、お寿司向けの米酢「白菊®」が開発され、有名店をはじめ世界

中のお寿司屋さんに支持され使われている。お酢だけではなく、ぽん酢をはじめ、いろんな和風調味料商品を発売されている。ミツカンは安全安心な商品の提供を目指し、チャレンジし続けている。

ミツカンの商品はヨーロッパ、アジア、北アメリカなど多くの国で発売され、その中でお寿司によく合うお酢が全世界の寿司専門店から好評を頂いている。

品質を第一とし、革新に挑む

ミツカンが 1948 年、新しい 1 ページを加えた、にアメリカに輸出を開始し、後のグローバル展開にも結びつけた。

お客様視点に立って安心・安全な商品を届けるため、ミツカンは 1968 年に純正食品キャンペーンを展開。品質へのこだわりから、「100% 醸造酢はミツカン酢だけ」をスローガンとするキャンペーンを展開。前述にあるアメリカへの輸出もあり、1981 年から本格的な海外展開を開始した。アメリカの食用酢大手メーカーのAICの他、複数の食酢メーカーを買収することで、アメリカでの業務拡大を開始した。

世界各地に事業を拡大

ミツカンは創業から現在に至るまで、調味料、加工食品、納豆などの多岐領域の商品を展開している。生産拠点は日本に 8 工場、アメリカに 15 工場、イギリスに 2 工場の合計 25 工場、また販売拠点は日本の各主要都市の他、ヨーロッパ、

アジアの主要都市にも展開している従業員は3 700人あまり、グローバルで販売する体制も整備されている。200年以上の歴史の中、イノベーションとチャレンジを続けてきたミツカンは今や世界各地で事業を展開する食品メーカーである。

ミツカンには、永遠に守るべき「2つの原点」がある

ミツカンの社員は、「2つの原点」を常に心がけて実践することで、「限りない品質向上による業績向上」を目指している。①「買う身になって、まごころこめて、よい品を」。②「現状に甘んじないで、積極的に進取する」

9. 中田

——专注梅子酒技术

中田食品株式会社创立于1897年，历时125年，专注梅子酒技术。

专访 中田食品株式会社海外事业中心上海驻在员田畑茂树

梅子是圆润而美味的梅花果实，寓意为顺应未来改变形态。

梅子自古以来就和日本人的生活密切相关。梅子有各种各样的功效，作为健康食材而被广泛利用。后来，腌制梅干逐渐普及，并作为食补品出现在寻常百姓家。

现在以美味又易吃的梅干和减盐梅干为主流，与过去只有咸梅干的时代相比，健康的饮食潮流正在蔓延。同时，田畑先生认为，在满足多样化客户的口味的同时，中田的使命是不偏离原有的“传统健康功能性食品”这一主轴，制作出更好的商品。

另外，放眼海外，特别是亚洲人喜欢“既好吃又有益健康”的食品，梅酒也越发受追捧。日本的梅干虽然在世界上还不太为人所知，但中田通过推广在海外人气高涨的梅酒，提出了以梅酒为契机希望世界人民了解梅干的构想。在海外容易被翻译成“Plum”（李子）的日本梅干，总有一天会被世界公认为“UME”。

中田食品以构造与丰富健康生活息息相关的未来饮食体系为目标，不断探索新的味觉，且坚信梅子所具有的健康功能和蕴藏的可能性，以丰富健康生活为目标，不断前进。

梅之味　心之味

梅之味：如今中田梅子酒已经传承到第四代了，在这 125 年历史中，企业始终以传播梅子文化、做梅子酒为核心业务。企业的七大精神之一“感谢报恩”体现在各个环节：从选梅环节起，企业会派专门的技术指导来指导梅农种梅树以及收集成熟的梅子。梅农不是根据工期去摘梅子，而是等到梅子自然成熟掉落下来才收集。酿酒用的水是自喷水（自涌泉水，这种水已经连续 19 年获得品质金奖），这样才能够完整地保留梅子的味道。

感谢农家的诚意，因此不能浪费；感谢消费者，因此要做令人安心的产品；就算不一定能卖出，也要用感恩的心去做产品；感谢做访谈的你们，传播梅子的故事。用心之处皆美好，用心做产品，感恩所有人。

心之味：对于从小生活在日本的人而言，梅子的文化深入骨髓。如果有一天他去到异国他乡，品着中田食品的梅子酒时，感受的不只是梅子的味道，更是故乡的味道。

中田的梅子酒不仅是正宗的梅酒、好喝的梅酒、低甜度的梅酒（中田的梅酒甜度比普通梅子酒低了40%），更是对健康的追求。

在当下浮躁的时代，梅子的故事给我们带来“心之味”的感动，既是自然的馈赠，也是匠心的传承。

景辰主编点评

品一口原产日本的梅子酒，就会感受到那句“用好的产品去感动他人”带来的震撼。在田畑先生“与梅同行”的故事中，我们仿佛进入了童话世界的梅子林中，“一群小朋友在梅子林地上铺好一块块接梅子的布，怀着对美味的期待，等待成熟的梅子自然掉下来。因为只有自然成熟的梅子，才是最好吃的梅子”。在中田对梅子的敬意中，我们感受到人与万物的连接是从尊重“诚意”开始的。

中田食品在125年历史发展中专注研制梅子酒，其梅子酒酿造技术在日本处于领先水平。值得一提的是，和歌山县是日本有名的梅子产地，在中田食品为当地农业作出贡献的同时，和歌山县也成为梅子爱好者向往的休闲旅行地。

左一：顾彦寒，左二：田畑茂树，中：吴晓唯，右二：王景辰，右一：张翠

9. 中田

中田食品株式会社は1897年に創立されて、今から125年の歴史があります。

インタビュー　中田食品株式会社海外事業センター上海駐在員田畑茂樹

梅は丸く、おいしい、梅の実は、未来に向かって形を変える。

梅干しは昔から日本人の生活に深く関わってきました。梅の実は古くから様々な効能があり、健康維持に役立つ食材として広く利用されてきました。やがて梅干しを漬け込んで庶民に食べられ、食薬品として生活に取り入れられていく。

現在、梅干は健康的な食品として定着し、漬物のひとつとして食られています。おいしく食べやすく加工された調味梅干や減塩梅干が主流となり、かつて、塩辛い梅干しかなかった時代と比べると、食のシーンはどんどん広がっています。一方で、多様化するお客様の嗜好やニーズに合わせながらも、本来の在り方である「伝統的な健康機能性食品」という主軸をゆるがせることなく、より良い商品を作り届けることが中田の使命と考えています。

現代の梅干しは、おいしくて味付けがしやすい梅干や減塩梅干が主流で、昔は梅干しかなかった時代に比べて、食の風味が広がっています。また、海外に目を向けると、特にアジアでは「おいしくて健康的」と梅酒が高まっています。

日本の梅干しは世界的にはあまり知られていませんが、海外で人気の高い梅酒商品の展開などを通じて、その良さを知るきっかけになりたいという構想を描いています。海外で「Plum」と訳されやすい日本の梅干は、いつか世界的に「Ume」として認知され、豊かな健康生活につながる未知の食生

活を目指して、今後も新たな味覚を模索していきます。

梅の味　心の味

梅の味今では中田梅酒が 4 代目になりました。この125 年の歴史の中で、企業は梅の文化を広め、梅酒を中心とした業務を続けています。企業における七大精神の一つ：恩返しに感謝します。各段階に現れて、最初の梅選びから、企業は専門的な技術指導を派遣して梅の種を指導します。成熟した梅を集めるまでは、工期によって梅を摘むのではなく、梅が自然に成熟して落ちるまでは、この感動は言葉では表現できません。またお酒を醸造するための水は自噴して梅の味を完全に残します。この水は19 年連続で品質の金賞水を獲得しました。この水はグラスで水を飲むとガラスの味を飲みます。原材料の選択は農家の誠意に感謝し、無駄にしてはいけません。消費者に感謝します。だから安心した製品を作ります。必ずしも売ってはいけないとしても、商品は感謝の気持ちで作ります。インタビューをしてくれたに感謝します。梅の話を伝えます。伝播者の信用を傷つけてはいけません。心の美しいところ、心を込めて製品を作り、すべての心に感謝します。

心の味：子供の頃から日本に住んでいました。梅の文化は骨髄に深く入り込んでいます。いつか異国に行ったら、梅を口に入れて、梅の味だけではなく、中田食品の心も工場の心を感じられます。梅酒は本格梅酒だけではなく、美味しい梅酒、低甘さの梅酒、さらに健康を追求します。梅の塩加減を下げます。熟成した梅を使うので、甘さも普通の梅酒より40%下がります。今の浮き足立った時代に、梅の話を聞きました。「心の味」の感動、心の伝承、本来の味です。この職人の精神の力を感じる一日を収穫しました。

景辰編集長のコメント

日本原産の梅を口にすると、「いい商品で感動します」という言葉の魅力に圧倒されます。田畑さんの「梅と一緒に」は、梅子林の童話の世界に入り込んだようです。子供たちが梅林の中に梅の実を敷き詰めた布を敷いて、熟れた梅が自然に落ちるのを待っています。木の上に自然に熟れて落ちる梅だけが一番美味しい梅です。梅に対して人々は「梅」を期待しています。その敬意の中に、人と万物が自然につながっていると感じたのは、尊敬する「誠意」の中からです。

中田食品は125年の歴史発展の中で梅酒の技術に力を入れています。梅酒処理技術において中田食品は全日本でリードしています。また、和歌山県は日本の有名な梅の産地でもあり、中田食品が現地の農業に貢献するとともに、和歌山県も梅の愛好家の憧れのリゾート地となっています。

左一の方：顾彦寒、左二の方：田畑茂树、中の方：吴晓唯、右二の方：王景辰、右一の方：张翠

10. 味之素

——发现鲜味

味之素集团创立于1909年，距今已有113年历史。

专访 上海味之素调味品有限公司市场本部长陶山贞夫

味之素的历史

味之素的发现之旅始于一碗用海带煮的豆腐汤，池田菊苗博士在品尝汤时，深信还有另一种完全不同于甜、咸、酸和苦的基本口味。出于这种想法，他开始分析海带汤的成分。大约在同一时间，日本医学专家三宅博士认为，良好的口味会刺激消化。受这一想法的鼓舞，池田博士加倍努力，最终发现了赋予海带独特风味的物质——谷氨酸钠，他将其命名为鲜味，并开发了一种以谷氨酸钠为主要成分生产调味料的方法。

为了增进人们的营养

池田博士于1899年前往德国学习。德国人的体格和整体健康状况给他留下了深刻的印象，并激发了他增进人们营养的强烈愿望。拥有这个梦想的另一个人是铃木三郎助先生，1909年，他创立了一家企业，开始销售世界上第一款鲜味调味料AJI－NO－MOTO®。味之素集团的起源就是这个理想：“Eat Well，Live Well.”

Eat Well，Live Well——“天天吃好，天添喜乐”

2000 年，迈阿密大学的研究人员提出舌头上存在鲜味受体。2006 年，味之素的生命科学研究所发现胃中也存在类似的受体。越来越多的研究证明谷氨酸，不仅对我们的味觉，而且对补充营养和维持身体健康也同样重要。味之素“Eat Well，Live Well”的理念，相当于已被间接证实。

今天，味之素集团在生命支持、医疗保健、食品科学和氨基酸科学领域为社会做出贡献，并继续探索氨基酸在生活各个方面的潜力。

百年企业“味之素”经营理念

味之素将“放眼全球，为人类的饮食和健康以及生命而耕作，为明天更美好的生活做出贡献”作为经营理念，不断地创造有益于顾客的独有价值，努力成为“为人类的健康做出贡献的企业集团”。

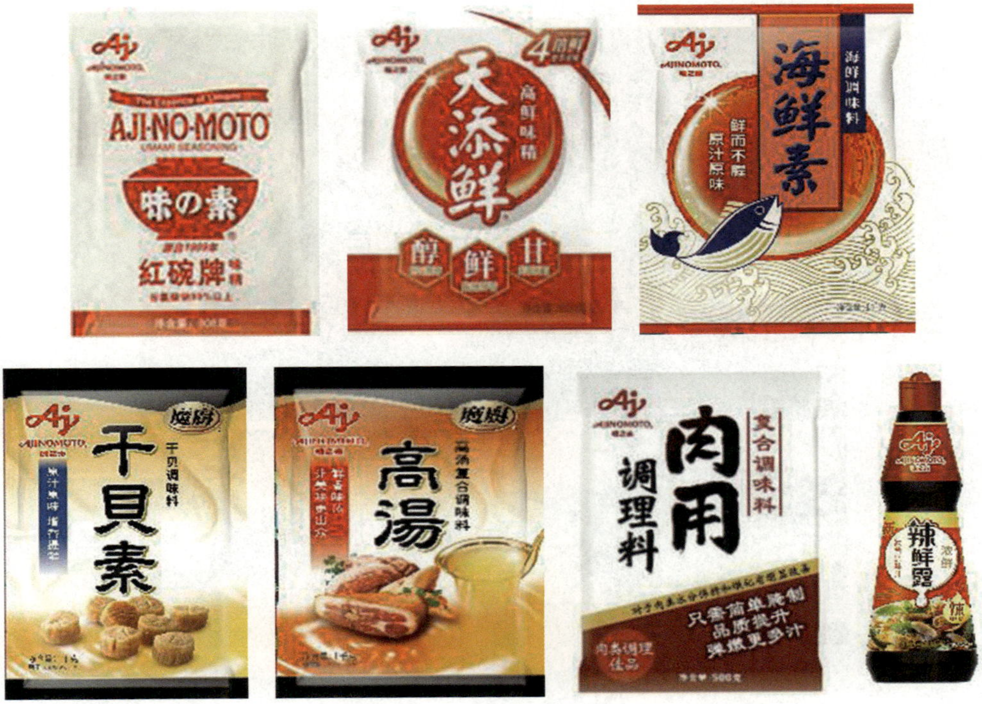

景辰主编点评

聆听陶山贞夫先生分享的味之素企业的百年故事，发现一切都是那么偶然——学者出身的池田菊苗博士偶然在海带中发现谷氨酸钠，商业奇才铃木三郎助则创立味之素。回看铃木三郎助在一百多年前推出的“味之素”广告语——“家有味之素，清水变靓汤”，我们至今都可以感受到这句朴实的广告语中隐含的营销智慧。

中国传统文化认为，人要达成一项功业，须具有妥善对待事物的逻辑能力。无论是科学、艺术、哲学还是商业思维都不能独立存在，科学要插上哲学的翅膀，才能让科学更好地服务人类，唯有融会贯通才能长久发展。113 年后的今天，“味之素”以“放眼全球，为人类的饮食和健康以及生命而耕作，为明天更美好的生活做出贡献”的企业使命与理念，成为世界十大调味料企业之一。笔者感悟到“味之素”不仅是一项伟大的发现，更是现代商业与哲学、科学相辅相成、协调发展的典范。

左一：郭卫星，左二：李俊，中：王景辰，右二：陶山贞夫，右一：倪晓清

10. 味の素

「味の素」集団は1909年に創立されてから113年の歴史がある食品企業です。

インタビュー　上海味の素調味料有限公司市場本部長陶山貞夫

「味の素」の由来

1908年、池田菊苗博士が「うま味」を発見。きっかけは、湯豆腐の昆布だしでした。池田菊苗博士は昆布だしを味わううちに、4つの基本味である甘味、塩味、酸味、苦味とは違う、もう一つの味があることを確信し、昆布だしの研究に取りかかりました。

同じころ、日本初の医学博士、三宅秀氏が「うま味は消化を促進する」という説を唱え、これに励まされた池田博士は、ついに昆布だしのうま味成分がグルタミン酸というアミノ酸の一種であることを発見。この味を「うま味」と命名し、さらにグルタミン酸を原料としたうま味調味料の製造方法を発明しました。

栄養状態を改善したい

1899年、池田博士はドイツへ留学した際、当時のドイツ人の体格と栄養状態のよさに驚き、「栄養状態を改善したい」と強く願うようになりました。その願いを共有した二代鈴木三郎助は、1909年に事業を開始。そして、世界初のうま味調味料『味の素®』は発売されました。味の素グループの原点は「おいしく食べて健康づくり」という志にあるのです。

「おいしく食べて健康づくり」という志

2000 年、マイアミ大学により舌にグルタミン酸の受容体があることが発見され、2006 年には、味の素 KKライフサイエンス研究所が、胃にもグルタミン酸の受容体があることを発見。グルタミン酸は、おいしさに関わるだけでなく、栄養・生理学的にも重要であることが示されました。「おいしく食べて健康づくり」という志は、科学的にも実証されているのです。

味の素グループは今も、同じ志を共有し、うま味物質の発見から見出したアミノ酸の可能性をさらに探求し、食品、アミノサイエンス、そして医薬・健康分野で、広く社会に貢献していきます。

味の素の 100 年の経営理念

味の素社の経営理念は、「グローバルな視点で、すべての人々の食と健康と生命を育み、明日のより良い生活に貢献する」ことです。これからも、お客様のためになる独自の価値を創造し、「世界の健康に貢献する企業グループ」を目指していきます。

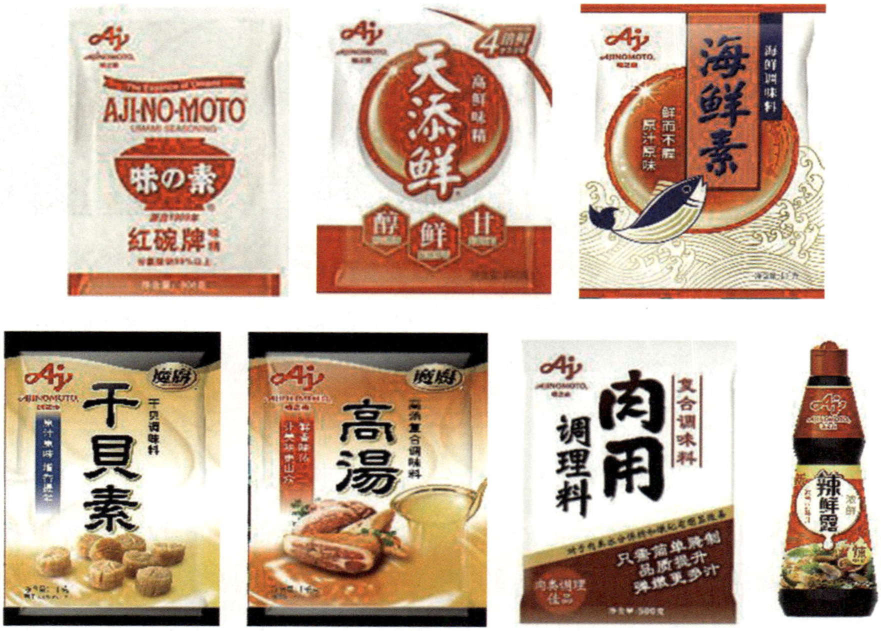

景辰編集長のコメント

陶山貞夫氏の「味の素」企業百年の話を聞くと、すべては偶然です。科学者出身の池田菊苗博士が、昆布の中でグルタミン酸ナトリウムの「味の素」を見つけました。もう一人は商業天才の鈴木三郎助氏で、鈴木三郎助氏が百年前に出した「味の素」の広告を見ました。「家に味の素があり、真水が昆布汁に変わる」という広告用語は、素朴な言葉の中にマーケティングの知恵があると今でも感じられます。中国の伝統文化の中で「大学」は「七証」という言葉があります。思考、人は一つの功業を達成するには、物事を適切に扱う論理的能力が必要です。科学、芸術、哲学、または商業的思考は、独立して存在してはいけません。科学者は哲学の翼を挿してこそ、科学をよりよく人間にサービスすることができます。お互いに統合してこそ、長い発展ができます。「味の素」のように。池田菊苗に会った鈴木三郎助は科学の翼を広げました。同じ百年後の今日の「味の素」は「グローバルな視点で、すべての人々の食と健康と生命を育み、明日のより良い生活に貢献する」という企業使命と理念で、世界十大調味料企業の一つになりました。味の素、これは偉大な発見であるだけではなく、現代の商業と哲学、科学の融合と調和発展の長期経営のモデルでもあります。

左一の方：郭卫星、左二の方：李俊、中の方：王景辰、右二の方：陶山貞夫、右一の方：倪晓清

11. 丸三爱

——味噌的故乡

丸三爱株式会社创立于 1952 年，距今有 70 年的历史，丸三爱所生产的“味噌（cēng）”是日本知名品牌。

专访　丸三爱食品商贸（上海）有限公司副总经理太田敦

味噌在日本的发展

味噌最早起源于中国，于 7 世纪传入日本，传说是由唐朝鉴真和尚东渡时传到日本的。

在日本平安时代（8—12 世纪），味噌仅少数人可以食用，是贵族和僧侣的美食，平民受到严格的限制。在这一时期，味噌一般涂抹于食物上或者直接食用。

到了镰仓和室町时代（12—16 世纪），人们开始将味噌豆捣碎做汤，味噌汤成为镰仓武士的主要食物。之后，百姓也开始在家里制作味噌，味噌汤逐渐走入平民的生活。

战国时代（15—16 世纪），味噌帮助人们克服食物短缺，在上百年的战争中，提供能量的大米和富含营养的味噌成为战争取胜的重要因素之一。由此，人们进一步认识到了味噌的重要性，这也促进了味噌酿造工艺的发展。

江户时代（17—19 世纪），味噌成了不可或缺的食物，幕府特别下达了“俭约令”，号召武士和市民都要奉行俭约的生活方式与饮食习惯。富有的商人阶层在这个时期开始出现，因此对高级味噌的需求越来越大，这更加速了味噌的制作方式及相关产品的开发。俭约与奢侈这两种发展走向，都促使味噌的需求在不断增加。当时在江户（东京的旧称）、京都等城市，味噌店铺生意兴隆。

日本人为什么喜爱味噌

味噌是以黄豆为主原料，加入盐及不同的种曲发酵而成的。将发酵过的黄豆捣碎成糊状再酿制，这种糊状物作为调味料用于汤和传统日式料理。味噌已成为日本人健康食物中不可缺少的成分，“米饭搭配味噌汤”这种典型的日式早餐已经保持了几个世纪。在味噌的香气中醒来是典型日本家庭生活的一部分，直到今天，很多日本人说起“味噌”这一词便会联想到“妈妈亲手烧菜的味道”。现代食品科学研究证明，味噌中除了大豆所含的优良营养成分外，还含有在发酵酿制过程中产生的其他营养成分。

众所周知，自由基或活性氧可导致人体衰老，日本人的平均寿命之所以位居世界前列，与味噌在人体内的抗氧化作用是密不可分的——味噌的主要原料大豆具备很强的抗氧化作用，当大豆经过发酵成为味噌后，其抗氧化能力更是远远高出了大豆本身。

减少毒素

味噌的膳食纤维可以清理肠道，微生物可以清除肠道内有害的细菌和毒素，丰富的镁、钾能够有效阻止人体摄取过多的钠。味噌还含有丰富的可以预防高血压和脑梗的营养成分，促进脑的新陈代谢。近年来，味噌作为美味和营养丰富的健康食品广受赞誉，并深受消费者的喜爱。

“藏之名匠”丸三爱及味噌的三个硬指标

丸三爱总部位于日本知名的盛产味噌的爱知县冈崎市，爱知县出品豆味味噌，其中“八丁味噌”在日本非常有名，已经有近四百年的历史，而丸三爱的创始人便是古法研制“八丁味噌”的行家。虽然丸三爱已经发展了 70 年，但工厂中至今仍有不少工序是手工完成的。起初，丸三爱只生产味噌，从 1970 年开始，也生产豆类饮品，经过多年的耕耘，丸三爱的味噌销量名列日本第四，豆类饮品名列第二。

丸三爱的品牌理念，从其名字便可见一斑。太田先生说，味噌有三个硬指标：味道、香味及颜色。“丸三”的意思，便是使这三项指标圆满。那为什么还有个“爱”字呢？就是要向消费者传递爱。

走进中国、艰难开拓、全凭质量说话

丸三爱持续以“最高的品质、最便宜的价格”作为经营理念，为客户提供来自大自然的馈赠。从 2012 年丸三爱进入中国，到现在已经有 10 个年头了。从一开始的艰难推广，到现在准备在中国设立工厂，这家长寿企业究竟有什么样的秘决呢？

丸三爱刚进入中国市场的时候，落地在上海。那时候上海的进口商超并不多，只有久光一家，而选择购买进口食品的人也不多，主要是在日本居住过的市民。而且当时中国分公司的豆奶产品是和日本的产品同步生产的，保质期只有 4 个月，而进出海关就要花费 1 ~ 2 个月，经常是卖一半扔一半。对于丸三爱来说，那是一段艰难的时期。

慢慢地，有经销商觉得豆奶特别好喝，打电话到公司，并且直接到分公司申请代理，最远的经销商甚至是从内蒙古过来的。经过稳扎稳打的经营，目前丸三爱已经积累了 200 多家经销商。丸三爱在中国是不怎么做营销的，主要是靠产品说话，用太田先生的话来说，中国消费者，看到丸三爱的商标，并不知道这家公司是卖什么的，但到商超看到丸三爱的豆奶，他们却乐于购买。丸三爱的味噌也已经深入中国的日料店，在上海 80% 的日本料理店都会使用这款产品。

“在日本人观念里，大豆相当于大地里的肉类，是富含蛋白质的。”太田说，“丸三爱就是想把大自然中好的东西带给大家，把健康带给大家。”

70 年企业的长寿秘诀

丸三爱发展到现在已经走过了 70 个年头，太田先生也已经在这家公司服务了 27 年。当提到他最难忘的事情时，他说：“丸三爱一开始做味噌，中途开发豆奶，一开始在日本也卖不掉，大家比较着急，现在豆奶的销量反而超过了味噌。公司在爱知县的一家工厂因豆奶销量剧增，已经做不过来了，于是在鸟取县新建了工厂，全部做豆奶。”

那是什么让丸三爱产品的销量持续稳步增长的呢？太田先生说，在新员工入职时，公司会进行新人培训，并且会让每个员工随身携带一张小卡片，上面记录着丸三爱的社训。

社训第一条是“用最便宜的价格提供最好的产品”，第二条是“对终端的消费者只拿适当的利润，只要企业能够运作，公司尽可能拿比较少的利润”，第三条是“尽量营造一个轻松敞亮的职场环境，让员工有生活向上的感觉”。丸三爱从创立到现在，一直秉承着同样的原则。

进入中国投资以来，丸三爱从中外合资发展到独资，再到现在计划用3—5年的时间在中国建设工厂。丸三爱非常看好在中国的发展，太田先生相信丸三爱未来会越来越好，也希望员工能够认可这家公司，长期为公司服务。

景辰主编点评

大豆在中国古语中称“菽”，现被人们喻为“大地的肉”或“豆中之王”。大豆为人类提供了丰富的优质蛋白质，如今，全世界越来越多的人对味噌的美味及其营养价值有了更充分的认知。在日本知名味噌生产企业丸三爱的“藏之名匠”品牌标签中，人们感受到了丸三爱坚持70年的企业经营理念——“把大自然好的东西带给大家”，传递大自然的美味与幸福的美好愿景，以及企业的“匠人精神”。

左一：林依铃，左二：周红根，左三：太田敦，右三：王景辰，右二：魏丽霞，右一：李红英

11. 丸三愛

丸三愛株式会社は 1952 年に創立され、70 年の歴史を持っています。丸三愛が生産した「味噌」は日本でも有名なブランドです。

インタビュー　丸三愛食品商貿（上海）有限公司副総経理太田敦

日本で発展した味噌（みそ）

味噌の起源は中国で起こり、7 世紀ころに日本に伝えられました。唐の鑑真和上が日本にもたらしたと言われています。

日本の平安時代（8 ~ 12 世紀）には、味噌は社会のエリートだけが食べられるもので、貴族や僧侶たちの美食にすぎず、庶民にとっては手の届かないものでした。高級品として贈り物や社会的エリートの俸給としても使われることがありました。今日では味噌は調味料の一種として広く使われていますが、この時期は食べ物に直接つけたり、直接食べたりしていました。

鎌倉および室町時代（12 ~ 16 世紀）になって、味噌は武士も食べるようになりました。この時期、人々は味噌でスープを作り、鎌倉時代の武士の主な食べ物になりました。その後、庶民も家庭で味噌を作るようになり、味噌は庶民の中に入りました。

日本の戦国時代（15 ~ 16 世紀）には、味噌は困難を克服するための食べ物で、百年以上にわたった内戦の中で、エネルギーを得る米と栄養を摂取

する味噌は、戦争の勝敗を左右するほど重要な要素となりました。そのため、味噌の重要性がより認識され、味噌の生産方法の発展が促進しました。

日本の江戸時代（17 ~ 19 世紀）にかけて、味噌は不可欠な食品となりました。幕府が「倹約令」を出し、武士と市民にも同じように倹約した生活様式と食習慣を実行するよう呼びかけたためです。しかし、豊かな商人層もこの時期に現れ始め、高級味噌に対する需要もますます高まり、味噌の製造方式とその製品開発が加速しました。倹約と贅沢の両方により、味噌の需要が増え、江戸（東京の旧名）、京都などの都市で味噌屋の商売が盛んでした。

日本人はなぜ「味噌」が好きですか

味噌は、大豆を主原料として、米や麦などで麹を作り、それらと塩・水を混ぜてから発酵させて作ります。このペーストは味噌汁や調味料として伝統的な日本料理に用いられ、何世紀にもわたって、日本人の健康的な食に欠かせない重要な要素となっています。特に「味噌汁」では、「ご飯と味噌汁」が代表的な組み合わせです。この典型的な日本式朝食は何世紀も続いています。味噌の香りで目覚めるのは日本の家庭生活の毎朝の典型的な一部です。今日に至るまで、多くの日本人が「味噌」という言葉を使うと「おふくろの味」を連想します。伝統的な日本料理では「味噌」とは切り離せないことが分かりました。

また、現代科学研究により味噌の栄養は科学的にも証明されました。味噌には、大豆に含まれる優良な栄養素のほかに、麹の働きや発酵による他の栄養成分が含まれています。ご存知のように、フリーラジカルや活性酸素は老化を招くことがあります。日本人の寿命が世界第一位となったのは、人間

の体内で形成された抗酸化作用と密接に関係しています。味噌の主な原料である大豆には、高い抗酸化作用を備えています。大豆が発酵して味噌になると、その抗酸化力は原料の大豆そのものより、はるかに高くなります。味噌に含まれる食物繊維は毒素を減らして腸をきれいにします。微生物は腸内の有害な細菌と毒素を取り除くことができます。味噌には豊富なマグネシウム、カリウムが含まれており、人体の過剰なナトリウムの摂取を効果的に阻止できます。高血圧と脳卒中を予防する成分が豊富で、脳の新陳代謝を促進しながら毒素を減少させるとも言われています。近年、味噌は美味しいだけでなく、万能健康食品として世界中から賞賛され、消費者から愛されています。

丸三愛と味噌の三つの指標

丸三愛株式会社は日本で有名な「八丁味噌」の産地である愛知県岡崎市に本社を置いています。愛知県は八丁味噌の生産が有名で、この都市には「八丁味噌」という名前の味噌があり、日本では非常に有名で、400 年から500 年ぐらいの歴史があります。丸三愛の創業者はこのような昔ながらの「八丁味噌」に精通しています。丸三愛は70 周年を迎えましたが、未だに手作りの製造工程にこだわり続けています。最初は味噌だけを生産していましたが、1970 年代からは豆乳飲料も生産しています。丸三愛の味噌販売量が日本で 4 位となり、豆乳飲料は日本で 2 位にまでなりました。丸三愛のブランド理念は、丸三愛という社名から分かります。「丸三」とは、味・色・香りが三拍子揃った良い（＝丸）味噌を生産するという意味です。また、「愛」の字は、消費者

に愛の意味を伝えるためで、これで「丸三愛」というブランド名がついています。

中国市場に進出したが、開拓は困難　中国市場を開拓するカギは品質

丸三愛は、変わらず「最高の品質、お得な価格」を社是として自然からの贈り物を顧客に提供しています。2012 年に中国上海に子会社を設立して10 年になりました。長寿企業にはどのような秘密があるのか聞くために、私たちは丸三愛中国子会社を訪問しました。太田副総経理の話を伺いながら、丸三愛の企業発展絵巻に入りましょう。

中国市場に参入したばかりの頃、上海の輸入品販売店は多くなく、久光など数軒しかありませんでした。輸入食品を選ぶ人も多くなく、主に日本に住んだことのある人たちが買っていました。その後、豆乳を試飲して美味しさを感じた卸業者は、直接上海の丸三愛に電話して、代販売理権を求めてきました。最も遠いところは内モンゴルから連絡が来ました。丸三愛は中国で広告宣伝よりも商品の品質によって顧客を獲得していることを発見しました。中国の消費者は丸三愛のブランドを見て、この会社が何を売っているのかは分かりませんが、スーパーに行って丸三愛の豆乳商品を見て、それを好きになります。上海では多くの日本料理店が味噌などの商品を使っています。

日本では、大豆は「畑の肉」とも言われるくらい、タンパク質など栄養が豊富とされています。太田先生によると、丸三愛は自然の中の良いものを消費者に届け、消費者が健康になるお手伝いをすることを企業理念としています。

70 年長寿企業の「秘訣」

会社設立から70 年の歳月が過ぎました。太田先生もこの会社で27 年間働いていますが、一番忘れられないことは何かと聞いたところ、丸三愛は最初、味噌の製造から始めましたが、途中から豆乳飲料の開発に取り組んだのですが、最初はなかなか売れなかったため、とても困ったということでした。今は豆乳飲料の売上額が味噌を超えています。愛知県の工場だけは間に合わないため、今は日本全国に4 箇所の豆乳工場があります。また、丸三愛が着実に売り上げを伸ばしている理由は何ですかとの質問に、太田先生は新入社員の入社時に新人研修を行い、社員一人ひとりに小さなカードを持ち歩き、それに丸三愛の社是が記載されており、皆がそれを守っていることだと話しました。

この社是の 1 番目は、社会の要求するものをより値打ちに供給すること。2 番目と3 番目は顧客に奉仕し、株主に適正な配当をし、職場の環境を明るくして、従業員の生活の向上を図ること。この社是を会社設立から現在まで守っています。中国に会社を設立してから、丸三愛は中国の未来の発展をとても期待しています。太田さんは丸三愛の未来がますます良くなると信じています。

景辰編集長のコメント

大豆は中国の古語で「菽」と呼ばれ、大豆は「大地の肉」や「豆の王」と呼ばれ、大豆は人類に良質のタンパク質を提供しています。今、世界中で味噌のおいしさとその栄養効果に対する認識がますます上がっています。

日本の有名な味噌生産会社である丸三愛さんの「藏の名匠」ブランドの中に、丸三愛の70 年以上の企業経営理念の中で、「自然の良いものを皆さんに届けたい」という気持ちが感じられます。自然のおいしさと幸福の素晴らしさを伝えるために、「匠の精神」の理念を参考にしてください。

左一の方：林依鈴、左二の方：周紅根、左三の方：太田敦、右三の方：王景辰、右二の方：魏麗霞、右一の方：李紅英

12. 日清

——植物力·创造力

日清食品株式会社是一家拥有115年历史的企业。

专访　日清奥利友（中国）投资有限公司总经理吴坚

植物力——“日清”理念

1907年，日清奥利友集团的前身开办了工厂，并在东京设立总部，当时主要业务是豆粕及大豆油的制造加工以及贸易。在跨越百年的历史进程中，日清奥利友集团成长为一家集研发、生产和销售食用油脂、功能性食品为一体的综合性企业，在多个国家和地区拥有生产基地和销售网络。日清奥利友以“美味·健康·美丽”为核心理念，利用植物资源和与时俱进的研发、生产、品控技术，为消费者提供安全和令人安心的产品。

NISSHIN OilliO

“植物力·创造力”

世界第一桶色拉油

日清发明了色拉油的制作方法，生产和销售了世界上第一桶色拉油，并成为日本食用油的龙头企业。如今，经过百年的历史沉淀，日清饮水思源，为了消费者的幸福生活，继续用心生产健康、安全、令人安心的食用油产品。

日本人长寿与“食用油”抗氧化技术的关系

“随着生活环境的改变，以肥胖症、高血脂、高血压、糖尿病、心脑血管病、癌症等为代表的非传染性慢性病（日本称之为‘生活习惯病’）成为现代社会医疗保健的重点。这类疾病防重于治，为此，在日常生活中通过改善不良生活习惯而进行预防和保健的重要性，也就不言而喻。”① 在吴坚博士看来，食品健康对人类整个社会治理及发展结构都有重要影响，随着社会不断发展及人们对食品健康的重视，未来必然从“治疗型向预防型和保健型转化”，21 世纪的保健食品产业将是一个黄金产业。

日清食用油抗氧化技术一直是领先业界的。食用油的抗氧化作用可以防止食品的氧化变质，提高食品的稳定性，延长保质期。日本已连续 12 年成为全球平均寿命最长的国家，也是全世界肥胖率最低的国家之一，冠心病死亡率也较低，这得益于日本老百姓对日常生活习惯方面的重视。例如饮食用油方面，日本人主要用菜籽油、橄榄油做饭。“在 1994 年至 2013 年 7 月这近 20 年间，日本的食品与药品区分标准经历了 13 次修订，在 1996 年设立营养标示制度。”② 这些食用油都是经过严格检测，确保符合健康安全标准才能在市面上销售。

---

① 党毅、刘勇主编：《保健食品研制与开发》（第 2 版），北京：人民卫生出版社，2019 年，第 55 页。

② 党毅、刘勇主编：《保健食品研制与开发》（第 2 版），北京：人民卫生出版社，2019 年，第 57 页。

药食同源及日本《食育基本法》

中国传统中医药文化也深刻地影响了日本，故而在日本也有药食同源、药食同理、药食同用的理论和实践基础。关于医药的起源，中国古代有神农尝百草的传说，生动反映了我们的先人在寻找食物、开拓农业的过程中，逐步发现具有医疗或保健功效的药物的情形，成为千百年来传统医学“药食同源”理念的滥觞。炎帝、神农在日本至今仍被视为农业和医药之祖。千百年来伴随着中国文化的影响，对于神农的崇拜和对于“药食同源”理念以及饮食养生文化的认同，已经融入日本民众的生活习俗与文化观念。例如每年一度缅怀神农、祈求健康的“神农祭”，如今依然在大阪和东京举行。日本的传统医药与现代保健食品行业也都受到这一源流的影响，表现出许多相应的独特性。①

另外，吴坚博士介绍，日本在 2005 年制定了《食育基本法》。《食育基本法》规定：“食育影响到每个孩子，应在每个学校开设食育课程。食育是生存之本，是智育、德育和体育的基础。”儿童健康关系到家庭、社会，是一个国家昌盛强大的基础，《食育基本法》不仅培养全面发展的学生，也丰富了校园文化结构。在饮食文化和开拓儿童国际视野方面，其将学校食育作为国民健康重要战略，蕴含的影响力不言而喻。

左：王景辰，右：吴坚博士

① 党毅、刘勇主编：《保健食品研制与开发》（第 2 版），北京：人民卫生出版社，2019 年，第 56 页。

景辰主编点评

在吴坚博士的分享中，我们了解到日清早在1907年就开设工厂从事油脂事业的历程，以及近年来日清深度扎根中国，融入中国发展的努力，也了解到日清与中粮展开系列深度融合，实现了合作双赢。

在了解日清食用油在百年发展中始终秉持的“美味·健康·美丽”经营理念时，我们也感受到了这位毕业于东京大学生命科学系的博士身为科学家的时代使命感。吴坚博士一直致力于油脂营养科学研究，开展消费者通过合理摄入食用油来保持和增进健康的科普活动。

12. 日清

日清食品株式会社は115年の歴史を持つ企業である。

インタビュー　日清奥利友（中国）投資有限公司総経理　呉堅

植物力——「日清」の理念

“植物力・创造力”

1907年、日清オイリオグループの前身で工場を建設し、東京に本社を設立した。当時の主な業務は粕及び大豆油の製造加工及び貿易であった。百年を越える歴史の中で、グループは食用油脂、機能性食品の研究開発、生産と販売を一体化した総合企業へと成長し、複数の国と地域に生産基地と販売ネットワークを構えた。日清オイリオは「おいしさ・健康・美」を核心理念とし、植物資源と時代とともに発展する研究開発、生産及び品質管理技術を利用し、消費者に安心・安全な製品を提供している。

世界最初のサラダ油

日清はサラダ油の作り方を発明し、世界最初のサラダ油を生産・販売し、日本の食用油の大手企業となった。今、百年の歴史を経て、日清は自身の根源を忘れず、中国国民の幸せな生活のために、健康、安全、安心な食用油製品をお届けする。

日本人の長寿と食用油の抗酸化技術

「生活環境や疾病の変化に伴い、肥満症、高脂血症、高血圧、糖尿病、心臓血管病、癌などに代表される非伝染性慢性疾患（日本では『生活習慣病』と呼ぶ）は、現代社会の医療保健の重点となっている。このような病気の予防は治療よりも重要であり、日常生活の中で生活習慣を改善することによって予防と保健の重要性を強調しているのは言うまでもないことである。①　呉堅博士によると、「食品の健康は人類全体の社会治理の発展構造に重要な影響を及ぼし、社会の発展と人々の食品健康意識の段階的な強化に伴い、将来は必ず治療型から予防型と保健型に転化する」という。

日清の食用油の抗酸化技術処理はこれまでずっとリードし続けてきた。食用油の抗酸化は食品の酸化変質を防止し、食品の安定性を高め、賞味期限を延長する。日本は 12 年連続で世界平均寿命が最も長い国である、全世界で肥満率が最も低い国の一つでもある。これには日本人の日常的な養生の秘訣が関係する。例えば日本では、特に食用油の使用面において、飲食の健康を非常に重視している。日本人の生活では主に菜種油、オリーブオイルを使用して料理をしている。1994 年 ~2013 年 7 月の 20 年間、日本の食品と薬品の区分基準は 13 回を改正され、1996 年には栄養表示制度が設立された②。これらの食用油はいずれも厳格な検査を経て、健康安全基準に適合していることが確保された上で市販されている。

薬食同源と日本の『食育基本法』

中国伝統的な漢方薬文化が幅広く奥深いのと同様に、日本にも薬食同

---

①　党毅、劉勇編集：『保健食品開発と開発』（第 2 版），北京：人民衛生出版社，2019 年，第 55ページ。

②　党毅、劉勇編集：『保健食品開発と開発』（第 2 版），北京：人民衛生出版社，2019 年，第 57ページ。

源、薬食同理、薬食同用の理論と実践基礎が存在する。医薬の起源について、古代中国では「神農はたくさんの草を味見する」という伝説があり、私たちの先人が食べ物を探し、農業を開拓する過程において、医療や保健効果のある薬を少しずつ発見していったことを反映している。この伝説は長い間伝統的な医学「薬食同源」の理念の起源となった。炎帝と神農は隣国の日本で今も農業と医薬の祖とされている。長い間、中国文化に影響されながら、神農への崇拝と「薬食同源」理念、食養生文化に対する賛同も伝統農耕国である日本民衆の生活習慣と文化観念に溶け込んでいった。神農を偲び、健康を祈願する「神農祭」が毎年大阪と東京で開催されていることが例である。日本の伝統医薬と現代保健食品業界もこの源流の影響を受け、様々な相応な特徴が現れている。①

呉堅博士はまた、「日本は 2005 年に『食育基本法』を制定したが、これは世界で初めて食育法律を制定した国であり、日本『食育基本法』では、「食育はそれぞれの子供に影響を与えるべきであり、各学校に食育カリキュラムを開設する必要がある。食育は生存の基本であり、知育、徳育と体育の基礎である」と規定していることを紹介している。子供の健康は家庭社会につながり、一国の繁栄と強大の基盤である。日本の『食育基本法』は「徳育、智育、体、美」の心身が健康的な学生を育成するだけでなく、キャンパスの文化構造を豊かにし、飲食文化と子供の国際的視野の開拓にもつながった。『食育基本法』は学校の食育を国民健康の重要な戦略とし、文化の力を秘めている。

左の方：王景辰、右の方：呉堅

① 党毅、劉勇編集：『保健食品開発と開発』（第 2 版），北京：人民衛生出版社，2019 年，第 56ページ。

景辰編集長のコメント

呉堅博士の話を聞き、日清は早々と1907 年に工場を設立し、油脂事業に従事していたことを知り。近年、日清は深く中国に根付き、中国の発展に溶け込み、中糧との一連の深度な融合の展開を通じて、ウィンウィンな協力関係を実現した。

日清食用油が百年の発展の中で「おいしさ・健康・美」という経営理念を堅持し続けたことを実感すると同時に、日本東京大学生命環境科学系の博士の学位を取った呉堅博士の科学者としての時代への使命感を感じた。呉堅博士は油脂栄養の科学研究に注視し続け、国民が食用油を合理的に摂取することを通じて、健康維持・増進するために科学普及の活動を展開している。

13. 三岛

——楠木精神

专访 大连三岛食品有限公司总经理韩仲庆

三岛食品香味松

日本三岛食品株式会社创立于1947年，创办人为三岛哲男。起初他只是以散装称重的售卖方式在市场上出售香味松。三岛哲男对所有细节的执着，也被运用到香味松的研制中，风靡日本的优佳丽正是香味松的一种衍生产品。

三岛哲男不满足于出产单一品类的香味松产品，而是经过不断的钻研和思考，将香味松的价值持续放大。就这样，凭借着扎实的业绩和口碑，三岛食品从最初售卖香味松，发展为一家拥有75年历史，在日本家喻户晓的食品企业，在日本的拌饭调味料市场中约占9成份额。

三岛食品优佳丽在日本小学

在日本，三岛食品的全线产品深受孩子们的喜爱，孩子们会主动向学校申请，希望三岛食品能来到学校。

对妈妈来说，香味松最大的魅力在于让宝宝爱上吃饭。它把处在挑食期的孩子所讨厌的蔬菜、海鲜、蛋类等高营养价值的食材全部浓缩在一起，糅合成一袋让孩子爱不释手的拌饭料，让孩子在吃得满足的同时摄入营养。三岛食品优佳丽的多款调味料产品，因此成了日本中小学午餐指定供应品。

让健身餐兼具营养美味

对健身人群来说，香味松中的所有食材，均具有高蛋白、低脂、低碳水等特点。从配料表中可以看出（以四种口味的2g装香味松为例），每份香味松的热量为10kcal左右，而蛋白质含量却可以达到50%～70%，这无疑是健身期间各种酱料的绝佳替代品。香味松让轻食不再单调，让黑面包、三明治甚至糙米饭也变得分外可口。

在20世纪80年代，优佳丽意外在小学食堂走红，受到小朋友的热烈追捧。想吃优佳丽的孩子们强烈希望三岛食品能够在商超等地方贩卖零售版的优佳丽。托这些孩子的福，优佳丽从此成为三岛食品的代表商品。

闻名世界的广岛伴手礼

2020年，由广岛市经济观光局、产业振兴部以及商业振兴课联合评选出的The Hiroshima Brand（广岛名物伴手礼名单）中，三岛食品的濑户风味香味松榜上有名。

在日本最受民众喜爱的紫苏拌饭料排行榜中，前8名的产品里，三岛食品上榜5种，优佳丽系列排名第一。

被载入《深夜食堂》的优佳丽

为什么三岛食品的拌饭料可以风靡全球？2006年，一部获奖无数并多次被各国改编为影视作品的美食治愈漫画——《深夜食堂》风靡全球。令人惊讶的是，在这样一部暖心又暖胃的温情都市漫画里，作者安倍夜郎把三岛食品的明星产品——优佳丽当作主角。

众所周知，《深夜食堂》每一辑的主题大都是玉子烧、咖喱、红香肠、茶泡饭等常规饮食，而专门把一款产品作为主角，足以证明作者对这款拌饭料的喜爱和优佳丽在日本民众餐桌上的地位。

其实，不只在日本，在世界很多国家和地区，三岛食品拌饭料的应用范围也极其广泛。从大大小小的便利店、商超、日料店，到星级酒店、私厨等地方，随处可见三岛食品的拌饭料系列。

三岛食品在中国

1990 年，日本三岛食品株式会社在中国创办了分工厂，大连三岛食品有限公司成为第一个也是唯一一个由日企在中国创办的本土拌饭料类生产企业。它不仅带来了总公司独特的生产工艺、纯正的日式风味、优质的原料资源、完善的销售体系，更重要的还有他们一直崇尚的“楠木精神”——在磨砺中蓬勃生长，让三岛食品如楠木一般枝繁叶茂、笔直参天。

30 多年来，这种精神被中国的三岛食品运用到研发、生产、制造的每一个环节。三岛人信奉这样的原则：要做就必须把一切做到极致。

从日本到世界，三岛食品迈着扎实的脚步一路走来。三岛食品进入中国后，由于具有丰富的营养价值和为大众所接受的口味，香味松大放异彩，深受各类人群的喜爱。

“艺痴者，技必良”，三岛食品一直保持专注与笃定，富于耐心和执着。术业专攻，心无旁骛，在拌饭料领域不断积累优势，发展创新。

这些细碎可爱的拌饭料，三岛食品研究了 70 多年——总想追求极致，也渴望做到完美，可是，对完美的定义，又总是随着探索的脚步而改变。所以，对三岛食品来说，这条拌饭料的探索之路，永远都没有尽头。

景辰主编点评

这是一家创造了众多“第一”的公司：第一家在中国大连设立工厂的日本食品企业；第一家走进日本小学并被指定为小学生供餐的企业；第一家在多次被改编为影视作品的美食治愈漫画中被当作主角的食品企业。它还是一家多次获奖、具有较高知名度的企业。

三岛哲男从1947年创业之初，就把“楠木”作为企业图腾，“要做就必须把一切做到极致”的“楠木精神”，已深入企业经营理念，并成为全体成员所熟知的信条。

13. 三島

インタビュー　大連三島食品有限公司総経理韓仲慶

三島食品のふりかけ

三島食品株式会社は 1947 年に創業し、創業者は三島哲男氏だ。ふりかけメーカーとして後発ながら「量り売り」の販売手法でお客様から支持されました。日本人の細部に至るまでのこだわりは三島哲男によってふりかけの開発にも影響を及ぼしました。革新的な発想で商品化されたゆかりは、ふりかけ界のパイオニア商品だ。

調味された赤しそのふりかけだが、彼はただ単にふりかけを生産するだけでは満足せず、研究と思考を重ね、約 20 年かけてゆかり専用の種子を誕生させました。このように、堅実な努力と実績により消費者から支持を得て、70 年の歴史を持つ企業になり、日本でのふりかけ市場として、業務用製品では業界 1 位、家庭用製品では業界 3 位となり、日本では誰もが知る食品ブランドとして確立されたのである。

日本の小学校と三島食品のゆかり

日本において三島食品の製品は学校給食の中で子供たちに愛されている。三島食品は学校へ出向き、小学生が大好きなゆかりについてその背景や物語を紹介している。お母さん達にとって、ふりかけの最大の魅力は、子供がご飯を食べ

るようになることと、栄養を補うことである。幼い頃に良く見られる好き嫌いは、野菜、海鮮、卵と栄養価の高いものが多い。ふりかけの原料に混ぜて食べさせることで、栄養を補い、美味しく食べられることで、子供たちの成長を補う食品として価値を提供している。三島食品のゆかりやふりかけは、日本の小中学校の給食で広く支持されている食品です。

ジム通いをしている方達の食事に美味しさを添える

日頃からジム通いをしている方達にとって、ふりかけに入っている材料は、高タンパクで低カロリー、低炭水化物といった理想的なものである。配合表からみても（4 種各 2g 入りを例に）、ふりかけ 1 袋あたりのカロリーは 10kcal 程度で、タンパク質含有量は 50% ~70% である。これはフィットネス関係者にとって朗報で、トレーニング期間中の各種調味料の代替品になりうるのである。ふりかけは全ての料理にマッチし、黒パンのサンドイッチや雑穀ご飯を美味しく変えることができます。1980 年代、ゆかりは小学校の給食で人気を集め、ゆかりを食べたい子供達の強い要望により家庭へ浸透しはじめスーパーマーケット等に広がって行った。こうして子供達のおかげでゆかりは三島食品の代表的な商品となった。

世界的に有名な広島名物のお土産

2020 年、広島市経済観光局、産業振興部、商業振興課が共同で選出したThe Hiroshima Brand（広島名物お土産リスト）には、三島食品の瀬戸風味がランクインしています。日本で最も人気がある紫蘇のふりかけご飯ランキングでは、上位 8 位以内に三島食品の商品が 5 種類ランクインし、ゆかりシリーズが1 位となりました。

『深夜食堂』にも登場したゆかり

各国で映画化されグルメ系癒し漫画の代表作である『深夜食堂』は世界で知られる存在です。驚くべきことに、このような都市漫画の中で、作者の安倍夜郎は三島食品のスター商品であるゆかりを登場させたのである。

『深夜食堂』では、玉子焼き、カレー、たこさんウインナー、お茶漬け等普段よく見られる料理である。こういった中で作者はゆかりを主役として登場させたのは、ゆかりが日本国民の食卓において確固たる地位を得ていると感じている証拠でもある。ふりかけは、日本だけでなく、韓国、アメリカなど多くの国で使用され始めており、三島食品のふりかけも広がっている。コンビニエンスストア、スーパーマーケット、和食店、高級ホテル、高級レストランまで、三島食品のゆかりを始めとするふりかけが使用されているのである。

中国における三島食品

1990 年、三島食品株式会社が中国に、大連三島食品有限公司を設立。日本企業として始めて、そして唯一であるふりかけを生産する企業である。それにともない、先進的な技術だけでなく、本当の日本式、良質な原料、完璧な販売システム、さらに重要なのは、彼らが崇拝する「楠精神」一お互い

に切磋琢磨して成長し、三島食品を楠になぞらえ枝が生い茂り、永続する企業を目指す。

30 年以来、この精神で三島食品は研究開発、生産等を行ってきた。三島食品で働く人達は、やるならとことん極めるという原則の下やってきたのである。日本から世界へ、三島食品は着実に一歩ずつ歩んできた。日本で愛されるゆかりは、中国へ入って来てからも新しい食文化の提案と美味しさで、生活者に受け入れられている。

“芸に没頭する者の技術は間違いない”三島食品はずっと忍耐と執着を持ってこれを貫いてきた。一心不乱に研究する姿勢は、ゆかり及びふりかけを他を寄せ付けないほどの優位性と持ち、またそれでも進化を続けている。

三島食品はふりかけ等を70 年研究してきたが、さらに理想を追求し、完璧を求めている。ただ、完璧の定義は常に変わっており、三島食品のふりかけの研究は永遠に終わることはない。

景辰編集長のコメント

この企業はたくさんの“パイオニア（先駆者的価値)”を持っている。中国大連に日本食品企業として初めて進出した。ふりかけを初めて日本の小学校に導入された企業。世界的に有名な漫画にも登場した企業。1947 年に三島哲男氏が創業した頃から「楠」を企業理念とし、「やるには、すべてを極めなければならない」。この「楠精神」は企業経営理念と全メンバーの精神に深く入り込んでいる。

14. 丸米

——专注于发酵食品的传承与创新

专访　日本丸米株式会社海外事业部亚洲事业课专任课长吉崎日宏

丸米株式会社，1854 年由味噌、酱油酿造业起家，迄今已有 168 年历史，自成立以来一直专注于发酵食品的制造与开发，也是目前日本最大的味噌生产商。

在丸米的 logo 里，“〇”代表松软的、圆圆的大豆，“米”代表软绵湿润制作米曲的大米，它们都是制作味噌的重要原料，故而也是“丸米”名字的由来。

marukome®
since1854

发酵，是我们的原点

味噌在 1 300 多年前的日本飞鸟时代就受到了重视，是饮食中不可缺少的调味料。直至今日，营养丰富的大豆通过发酵制成的味噌，仍支撑着人们的健康饮食，对日本较高的平均寿命也有着很大的促进作用。通过日本传统的发酵技术，为人们的健康生活作贡献，给每个家庭送去笑容和每日生活的能量，这就是丸米的企业理念。

研发为王——“料亭之味”领导日本味噌市场

1982 年，丸米领先于业界，发售了高汤味噌“料亭之味”系列，这之后便成为日本常年销量第一的味噌产品。“料亭之味”顾名思义为“餐厅的味道”，是以风味浓郁的赤味噌为基底，加入适量鲣鱼与昆布的高汤制成的，因此省略了煮味噌汤前熬制高汤的步骤，作为能轻松享受美味的味噌产品而备受欢迎。

近年来，丸米更是加大创新投入，开发了“颗粒味噌”。这类产品在常温的情况下可以长期保存，速溶的特点方便人们用最简便的方法喝上美味的味噌汤。故而颗粒味噌目前已成为深受市场喜爱与好评的味噌产品之一。

更美味、更愉悦、更健康

丸米凭借代代积累的发酵食品酿造技术，不仅生产了日本销量第一的味噌单品，还首创液体味噌、颗粒味噌等上百款味噌产品，约占日本国内 25% 的味噌市场份额。

丸米将传统酿造技术与最先进的设备相结合，致力于为消费者提供最安全可靠的产品。丸米日本总部建有大型生产基地，工厂设有品质把控部门、生产把控部门、研究所等，节假日提供团体免费参观，科普食品发酵知识，并额外设有制造发酵食品的小课堂，游客可以亲身体验。除此之外还在官网及各官方公众号持续更新味噌、米曲等发酵食品的料理菜单以及教程视频。丸米将以“更美味、更愉悦、更健康”为关键字，不断追求新理念，用先进的生产方式与创新相结合，向世界传递适合现代生活方式的饮食文化。

自信原点

近年来，随着媒体的报道不断增加，人们的健康意识不断提升，开始控制含糖饮料及食物的摄入。受此影响，日本另一传统发酵食品“糀（huā）甘酒”作为新时代的健康食品备受人们瞩目。

糀甘酒不含酒精，制造过程中不添加砂糖和化学甜味剂，使用米曲发酵，将大米中的淀粉糖化，不仅自然产生香甜，且因为含有丰富的营养，连孕妇、老人和婴儿都可以安心饮用。

糀甘酒好喝的秘诀

酿造好的糀甘酒关键在于米曲，丸米研究所凭借纯熟的制曲技术，开发出糀甘酒专用米曲，并通过极其精细的工艺——100% 甄选本地大米，经过多层筛选，认真检查原料的安全性。每一步用心的酿造，只为保证稳定的品质。

糀甘酒中含有丰富的葡萄糖、维生素、膳食纤维以及氨基酸等，能够帮助改善肠道环境，减少便秘的发生，缓解疲劳等。

专利环保包装“圆筒纸瓶”

糀甘酒采用圆筒纸瓶包装，夏天可以直接放入冰箱冷藏后饮用，冬天则可以揭去封口纸后，直接放进微波炉里加热饮用。和普通纸盒不同，其厚度和坚韧度更佳。

景辰主编点评

丸米利用日本传统的发酵技术，为人们的健康生活作贡献。对于市场的认可与取得的成绩，吉崎日宏先生认为，这主要是因为丸米一直保持一种“善之循环”精神。人们对于未来健康生活的要求与期待，正是丸米的使命所在。

据2017年某日刊统计，丸米的味噌市场占有率达到25.3%，产量常年稳居日本国内市场销量第一。

小知识

糀甘酒自古以来就作为营养丰富的饮料而被人们所喜爱。有研究报告指出，糀甘酒的原料米曲和大米中含有的成分具有增强肌肤弹性的作用。葡糖苷（脂）酰鞘氨醇存在于皮肤的角质层中，也是构成神经酰胺的基本成分，大米和米曲中也含有该成分。另外，米曲中含有的“N－乙酰氨基葡萄糖”，也有促进胶原蛋白和玻尿酸合成、增加角质层含水量的效果。

14. マルコメ

インタビュー　日本丸米株式会社海外事業部アジア事業課専任課長吉崎日宏

マルコメ株式会社は、1854 年に味噌、醤油醸造業からスタートし、これまで168 年の歴史を持ち、発酵食品の製造と開発に専念してきた。現在、日本国内で最大手の味噌メーカーである。

マルコメのロゴには、「○」はふんわりふっくら丸い大豆を表し、「米」は柔らかくてしっとりした米糀の米を表している。味噌を作る上で大切な原料であるため、「マルコメ」の名前の由来でもある。

発酵は、私たちの原点です

味噌は、1 300 年以上も前の飛鳥時代から大切にされてきた和食に欠かせない調味料である。今日に至るまで、栄養豊富な大豆を発酵させて作られた味噌は、人々の健康を支え、日本人の長寿にも大きな影響を与えている。マルコメは味噌、発酵を原点に、米糀や大豆を大切にしてきた。そして、食卓を囲む家族に笑顔や毎日を生きるエネルギーを届けている。日本古来の発酵技術を通じて、生活者のすこやかな暮らしに貢献することがマルコメの企業理念である。

糀製品

米糀からつくった糀甘酒や塩糀、しょうゆ糀や米こうじなど、糀製品のラインアップです

大豆製品

レトルト・乾燥・冷凍タイプの大豆のお肉や、大豆のお肉の惣菜の素シリーズ、スイーツ粉や大豆粉など、大豆を使った製品はこちら

だし入りみそ

ロングセラーの料亭の味や京懐石、マルコメ君などのだし入りみそはこちら

無添加みそ・だしなしみそ

無添加の料亭の味シリーズやプラス糀 無添加 糀美人、丸の内タニタ食堂の減塩みそなど

液みそ

そそぐだけで本格みそ汁。さっとかけるだけで料理にも使える液みそシリーズ

即席みそ汁

徳用やカップ、生タイプ、フリーズドライなど便利な即席みそ汁はこちら

研究開発の王——「料亭の味」が日本の味噌市場をリードしてきた

1982 年、マルコメは業界に先駆け、だし入り味噌「料亭の味」シリーズを発売後、日本で長年売り上げ一位の味噌製品となった。料亭の味はその名の通り「日本料理店の味」であり、風味豊かな赤系味噌をベースに、かつおと昆布のだしを程よくブレンドしたもので、だしを取る必要のない、みそ汁を手軽に美味しく味わえる味噌として大ヒットした。

近年、丸米は更に革新的な“顆粒味噌”に注力している。常温で長期保存が可能、サッと溶けるため多くの人々が最も簡単な方法でおいしいみそ汁を飲むことができる。そのため、顆粒味噌は現在、市場で愛され、好評を博している味噌の一つとなっている。

より美味しく、より楽しく、より健康的

マルコメは代々培ってきた発酵食品醸造技術により、日本一の味噌単品だけではなく、液体味噌、顆粒味噌など100種以上の味噌製品を開発し、国内の約25%の市場シェアを占めた。

伝統的な醸造技術と最先端の設備を結合し、消費者に最も安全で信頼できる製品を提供することに力を入れている。日本本社は大型生産基地を建設し、工場には品質管理部門、生産管理部門、研究所などが設置されている。休日は団体見学、発酵食品の科学普及知識を無料で提供し、体験型発酵食品を製造する小教室を追加し、観光客はその知識と楽しみを体験することができる。そのほか、味噌や糀などの発酵食品の料理メニューや教程動画を公式サイトや各公式アカウントで更新し続けている。マルコメは「より美味しく、より楽しく、より健康的」をキーワードに、新しいコンセプトを追求し、先進的な生産方式と革新を組み合わせて、現代の生活様式に適した食文化を世界に伝える。

自信の原点

近年、人々の健康意識が高まるにつれて、「砂糖入り飲料や食品」の摂取も抑えられ、メディアの報道も増えており、日本のもう一つの伝統的な発酵食品「糀甘酒」は新時代の健康食品として注目されている。

糀甘酒はアルコールを含まず、製造過程で砂糖や化学甘味料を添加せず、米麹を発酵し、米のデンプンを糖化し、自然な甘みで栄養が豊富であるため、妊婦、老人、赤ちゃんも安心して飲める。

糀甘酒がおいしい秘訣

美味しい糀甘酒を醸造する鍵は米糀にかかっており、マルコメラボは純熟した製麹技術によって糀甘酒専用の米糀を開発し、極めて精細な技術を通じて：100% 日本米を使用し、多層選別を経て、一粒一粒の米の安全性を厳しくチェックする。一歩一歩心を込めて醸造し、安定した品質を保証する。

糀甘酒にはブドウ糖、ビタミン、食物繊維、アミノ酸などが豊富に含まれており、腸内環境の正常化、便秘の減少、疲労の緩和などに役立つことができる。

特許エコ包装「紙製のカートカン」

紙製のカートカン夏はそのまま冷蔵庫で冷やして飲むことができ、冬はふた紙をはがして電子レンジで加熱して飲むことができる。外包装は普通の紙箱とは異なり、厚さと強靭度がより良い。

景辰編集長のコメント

丸米は日本古来の発酵技術を通じて、生活者のすこやかな暮らしに貢献してきた。市場での人気や成績の獲得について、吉崎日宏さんはマルコメが常に「善の循環」という精神を持っているからと考えており、人々の将来の健康な生活に対する要望と期待は、マルコメの使命である。

2017年日刊の統計によると、マルコメの味噌の市場占有率は25.3%に達し、生産量は遥かにリードし、日本の販売量の第一位を安定している。

小知識

古くから栄養豊富な飲み物として親しまれている糀甘酒。糀甘酒の原料である米糀や米に含まれる成分には、肌の保湿力を向上させる働きがあるという研究報告がある。皮膚の角層に存在している、セラミドの元となるグルコシルセラミドは、米や米糀に含まれており、皮膚のバリア機能の改善に効果があるとされている。またN－アセチルグルコサミンは、米糀に含まれており、コラーゲンやヒアルロン酸の合成促進、角層水分量増加に効果があるとされている。乾燥肌や肌荒れの原因の1つとして、角層内のセラミド量の減少が挙げられる。角層内のセラミド量は加齢とともに減少することが報告されており、セラミド量の減少により皮膚バリア機能が低下し、経表皮水分蒸散量の増加がみられるようになる。

【第二部分】

特辑专稿：中日友好“桥梁”人物

石塚英树

——“不见不散”中国情

山川异域，风月同天

2020年新冠疫情暴发，相关部门采取了严格措施来防止疫情的扩散。日本驻广州总领事馆总领事石塚英树表示，疫情带来的负面影响包括当年中国旅日游客大量减少造成的经济损失和领事馆计划项目的取消。2019年旅游数据显示，仅中国内地访日游客就达900多万人次，2020年突如其来的疫情打乱了很多人的旅行计划，去日本旅行的人数几乎停止了增长。然而，人类的智慧总是比病毒强，危机带来了创新，激活了线上经济。日本为中国捐助口罩等医疗救援物资，中国也在日本需要时提供物资援助。患难见真情，可见中日两国人民是心连心的。

王景辰（左）、徐婉惠（右）一行专访日本驻广州总领事馆总领事石塚英树（中）

日本在捐赠给中国的口罩等医疗救援物资外包装上写着八个字“山川异域，风月同天”。“山川异域，风月同天，寄诸佛子，共结来缘”这16字，要从1 300年前的一个人说起，这个人就是鉴真和尚。1 300年前，崇敬佛法的日本长屋王造了千件袈裟，布施给唐朝众僧，袈裟上绣着这四句偈语。这件事记述在《唐大和上东征传》里，原文是这样的：“日本国长屋王崇敬佛法，造千袈裟，来施此国大德、众僧，其袈裟缘上绣着四句曰：‘山川异域，风月同天，寄诸佛子，共结来缘。’以此思量，诚是佛法兴隆，有缘之国也。今我同法众中，谁有应此远请，向日本国传法者乎？”其实这四句话关键的是后面两句“寄诸佛子，共结来缘”，意思是日本也与佛法有缘，邀请鉴真和尚来日本弘法。

后来，鉴真和尚听闻此偈，很受触动，决定东渡日本，弘扬佛法，后来还把当时最成熟的唐代文明带到了日本。

日本文化深受中国文化影响、共同挖掘“汉字”文化遗产

对于未来中日文化交流，石塚英树表示，共同挖掘文化遗产，会有更多的新发现。日本文化深受中国传统文化的影响，例如和服，江户时代以前称“吴服”，这个称谓起源于中国三国时期，因东吴与日本的商品贸易活动将纺织品及衣服缝制方法传入日本而出现此名。和服是中国江南一带传到日本的服饰文化，苏绣对和服产生了重要的影响。“吴服”专指以蚕绢为面料的高级和服，日本有吴服专门店。再如，中日同为汉字文化圈，可以共同研究汉字文化，例如，广东话“叉烧”日语为チャーシュー、广东话“烧卖”日语为シューマイ。“叉烧”和“烧卖”这类词在中国广州、日本有几百年历史了，它们发音相似，这些有趣的中日共同的饮食文化特点值得我们进一步挖掘。

另外，日本茶道源自中国，日本茶道与中国工夫茶也有相似之处。据考，在唐朝茶文化已经十分完善，沿海一带的人都十分喜欢饮茶，工夫茶就是中国古老的茶文化中最具代表性的茶道。日本茶道讲究“和敬清寂”与中国工夫茶“茶禅”注重内心精神修养的特点有很深的文化渊源。

石塚英树展望中日文化交流未来

未来日本的大学落户大湾区，日本品牌的汽车公司研发中心落户深圳，日方电动车研发团队与中方汽车公司合作，石塚英树认为这些都是有可能实现的，因为技术人员在当地培养最为合适。日本的大学落户大湾区，从文化层面来看有利于中日年轻人的交流，促进中日友好；从经济层面来看，大湾区也是日本企业在中国的借力点；从科技创新层面来看，培养优秀人才有利于两国技术进步。

不见不散“中国情”

左一：邓珊珊，左二，王景辰，右二，石塚英树，右一：徐婉惠

石塚英树 1980 年就从日本来到中国北京留学，在留学期间认识了一位友人，那个时候没有手机，打电话也很不方便，最常用的交流方式是写信。有一次在信上，他们约定某日 12 点在北京某地见面，石塚英树在赴约的路上，因为人生地不熟，等了几个小时的公交车，到达目的地时迟到了 3 个小时。石塚英树心里很不安，觉得朋友一定很生气，并且很可能不在约定地点了。但没想到，朋友仍在等着，他内心极为感动，顿时热泪盈眶。真没想到朋友竟然等了他 3 个小时，如果是日本人的话，最多等 1 个小时。他解释了迟到的原因后，朋友告诉他：“不用放在心上，我们是约好的，不见不散，我知道你一定会来，迟到肯定是遇到阻碍了。”石塚英树极为感动，对朋友说：“下次我愿意等你 4 小时！”从那以后，他就十分敬佩中国人，对于“不见不散”这个成语有着特殊情怀，刻骨铭心，这也是他在中国数十载印象最深刻的经历。

景辰主编点评

中日在产业结构上互补性非常强，中日合作会迎来更多的机遇。

相信疫情终将过去，旅游业等都会呈现爆发式增长，期待中日在经贸文化方面有更多交流。

龟井启次

——他与中国的“缘与源”

龟井启次曾于1986年到中国留学，在南开大学学习中文。从2012年起在中国工作，到2022年刚好十年。他说：“现在回想一下，我总共在中国生活十多年了，或许这就是我与中国的‘缘’。由于工作，我访问过中国很多地方。中日两国是一衣带水的近邻，历史文化交流源远流长，不论是文化还是经济，都有许多相互交融的地方。”

从日文中的汉语词汇、美丽的和服再到奈良的唐招提寺，日本受到中华文明、中华文化影响尤其深远。例如，日本茶道分为抹茶道与煎茶道两种，就是源于中国广东潮州的工夫茶，都具有东方文化韵味。

左一：樊秦，左二：黄青龙，右二：王景辰，右一：龟井启次

万福寺：中日文化的“缘与源”

2021年11月2日至4日，龟井启次陪同日本驻华大使垂秀夫访问了福建省福州市和福清市。在访问期间，大使一行与龟井启次以及当地政府、日资企业代表、日语教育相关人士进行了交谈，为迎接中日邦交正常化五十周年，进一步加强日本与福建省之间的经贸合作和文化交流交换了意见。

访问期间，大使一行参观了福建黄檗山万福寺。鉴真东渡日本的故事广为人知，但在中日文化交流历史上，还有一位高僧东渡日本并创立了日本黄檗宗，这位高僧就是隐元禅师。隐元禅师应邀东渡日本，在京都宇治市创立黄檗宗，对日本江户时期的文化和科技发展产生了重大影响。据说，现在日本的黄檗山万福寺念经的语言还是沿用福清话，可见禅学在日本的影响之深。最早隐元禅师在宇治市建立万福寺，其祖庙就在福建的福清。

这些交流也体现在日本人民的日常生活中，在日本料理中有“神青菜”，日语叫“隐元菜”，名字来自隐元禅师。另外1785年出版的《万宝料理秘密箱》记载，日本玉子豆腐起源于江户时代，其制作工艺就是隐元禅师东渡带去的，因而，日本豆腐被日本人称为“隐元豆腐”，以此纪念隐元禅师的功德。

2021年11月17日，王景辰主编一行专访日本驻广州总领事馆总领事龟井启次
左一：黄青龙，左二：樊秦，中：龟井启次，右二：王景辰，右一：李九生

在中国感受“缘与情”

龟井启次在中国工作生活多年，遇到了很多令他感动的事情，其中有一件事情令他非常感动且印象深刻。在东京奥运会的时候，由于该届奥运会在疫情期间举办，有一位中国的企业家向东京奥运会组委会捐款200万元。龟井启次得知这位企业家自学日语，从事中日文化交流合作的工作多年，加深了同日本企业之间的交流，并曾得到日本企业和日本朋友的帮助与指导，受益良多。此举是为了回报过去的恩情，希望在力所能及的范围内，为中日两国人民的世代友好略尽绵薄之力。在龟井启次看来，这种来自民间的善举，也是中日两国之间的“缘与情”。

龟井启次表示，这件事让他看到中日友好交流过程中来自民间的巨大力量，或许这就是人们通常说的“缘”。能有机会从事中日两国交流的工作，他深感荣幸，也深感自己的责任重大。

征集中：见证中日交流的故事

龟井启次说，接下来还有很多有意义的事情要做。例如，举办中日两国茶道及美食与清酒等文化交流活动。2022年恰逢中日邦交正常化50周年，这50年也是中日两国文化、经济、教育等各领域深入交流的50年。特别是作为改革开放前沿的华南地区，在改革开放这40多年里，中日两国在经贸和文化等各领域的交流有许多具有历史意义的见证。例如，包括日本三大汽车企业丰田、本田、日产在内的许多汽车厂家都在中国广东设立了工厂等。

2021年11月17日，王景辰主编一行专访日本驻广州总领事馆总领事龟井启次

所以，领事馆计划举办一个回顾中日两国交流与合作的展览，需要收集及整理很多具有历史意义的资料和照片，期待得到更多企业和民间友好人士的支持。

真境名悠

——谈冲绳人的“宝”

2021 年 11 月 4 日，笔者一行访问了冲绳县政府上海事务所首席代表兼所长真境名悠。

冲绳独特的地理位置使它具有日本少有的亚热带风光，岛上成林的棕榈树、槟榔树和沙滩、海水构成了冲绳美丽的图景。冲绳是一个没有工业的地方，仿佛是被大自然环抱的“世外桃源”，常被喻为“东方的夏威夷”。冲绳的民歌在日本非常有名，例如《冲绳人的宝》（『島人ぬ宝』）在日本很受欢迎。的确，冲绳有很多“宝”，如特产黑糖、海盐、香檬及泡盛酒。真境名悠还提到，冲绳还是日本乃至世界有名的长寿之岛。

世界长寿之岛

众所周知，日本人平均寿命在全世界排名非常靠前，而日本最长寿之地当属冲绳。“日本的女性平均寿命为 86.83 岁，居世界之首，而冲绳县女性的平均寿命为 87.02 岁，比日本其他地区都要长寿。”① 冲绳百岁老人比例世界第一，到冲绳旅游的人会发现当地 90～100 岁的人非常常见。这主要有三个方面的影响因素：

① 引自日本厚生劳动省《主要国家的平均寿命年度推移》（2010）。

一是自然环境，冲绳属于亚热带海洋气候。因四面环海，气温（年温差/日温差）变化很小，所以可以全年栽培以紫薯、苦瓜为主的各种蔬菜和水果。另外，台风的多发一方面造成了灾害，另一方面随之而来的丰沛降水也给农作物创造了有利的生长条件。这或许就是《道德经》里“祸兮福之所倚”的意思吧。

二是冲绳人健康的饮食习惯。冲绳人主要食用蔬菜和薯类，将猪肉和豆腐等食材与海藻以及蔬菜一同烹制，从而均衡摄取动植物蛋白质、维生素、矿物质以及各种微量元素。这反映了冲绳人“医食同源、药食同源”与“健康、滋补”的理念。冲绳人代表性的家庭菜炒什锦，采用植物油等烹制，猪肉先经水煮去脂肪后再烹调，低热量饮食可谓其特色之一。除此之外，冲绳人还有经常食用鲜鱼和海藻类海产品以补充钙等多种矿物质的饮食习惯。在冲绳人的饮食文化中，豆腐、黑糖、海藻、黄绿色蔬菜及甘薯等都占有重要位置。

三是冲绳的人文生活有助于长寿。在冲绳，敬老思想根深蒂固，各地区都会为长寿老人祝福，关心周围老人的生活。在人际交往中，互助互爱的邻里文化特别浓厚。在冲绳即使高龄也还在工作的老年人很多，老年人勤快好动，可谓本地的一大特色。另外，冲绳的传统艺能很盛行，老年人都爱好唱歌跳舞。对任何事都抱有“一切顺其自然”的乐观心态，这也是冲绳人的一大特点，这样能及时排解压力。

冲绳八大特产之一：“琉球泡盛酒”

冲绳的八大特产分别是黑糖、海盐、香檬、海蕴、紫薯、醪醋、冲绳岛豆腐及冲绳泡盛酒。泡盛酒是日本最古老的蒸馏酒，约有500年历史，据说九州烧酒也源于冲绳的泡盛酒。泡盛酒是用冲绳县原产的黑曲菌酿造的，其蒸馏方法也不同于烧酒，主要采用单式蒸馏机的常压蒸馏方式。单式蒸馏机能让蒸汽中含有适量的醪糟所含成分，具有更加凸显原料风味及个性的作用。为了尽可能地保留这种成分，厂家采用简单过滤这一轻度过滤方法，随着时间的推移，酒体越发醇厚柔和，形成陈酿，这也是泡盛酒的一大魅力。

泡盛之名的由来

泡盛在冲绳方言中，过去曾称为“SAKI”，更广为人知的昵称是“SHIMA”。到底是从何时开始变为“泡盛”的呢？

“泡盛”之名首次出现在文献中，是在1671年。这一年，琉球王国的尚贞王送给幕府第四代将军德川家纲的礼品目录中有“泡盛”的记载，这是泡盛之名首次出现。此名称的由来有多种说法，包括：①以前不用籼米，而是以粟米为原料酿酒，因此称为“粟盛”，后改成“泡盛”；②古代梵语中将酒称为AWAMURI（与泡盛的日语读音AWAMORI类似），由此才有了泡盛的说法；③萨摩藩向德川幕府进贡泡盛时，为与九州的烧酒区别开而将其命名为泡盛；④为测量酒精度而打出泡沫，出现起泡（泡沫丰富）现象，“盛る”的中文即“泡盛”，等等。

琉球泡盛酒三大特点

琉球泡盛酒具有芳香醇厚的口感，原因有三。第一，发酵黑曲菌的黑曲发源于冲绳，相对于日本酒及烧酒采用黄曲或白曲，泡盛只采用黑曲菌。第二，冲绳优质的水源。冲绳的水为“硬水”，富含矿物质，能促进微生物的活动，形成浓郁的香味。第三，泡盛属于蒸馏酒，因此不含糖类和蛋白质。

景辰主编点评

左：真境名悠，右：王景辰

在同真境名悠所长的交流中，笔者感受到这位土生土长的冲绳人身上有一种孩童般的热忱，以及分享冲绳人文与冲绳特产的激情与渴望。与其他地区日本人那种“含蓄、内敛”不同，他仿佛具有一种天然的开朗、热情、豪爽的性格特质。“いちゃりばちょーでー”是冲绳人见面打招呼常用的口头语，意思是“遇见了我们就成了兄弟姐妹，就像自家兄弟姐妹一样”，充满了对人的尊重、友好。

西原圭佑

——用音乐搭起中日文化交流的桥梁

当笔者一行来到西原圭佑的冲绳料理店海呗餐厅的时候，正值这家餐厅开业的第一天。店门口摆放着玫瑰花篮，门店精致而清新，正在恭候客人的到来。进入店里，西原圭佑和伙伴们正在做餐厅的最后装饰，在伙伴的帮助下，他将冲绳三线挂在最显眼的位置上。

在中国，西原圭佑开设了冲绳三线的学习班，在不同的场合表演冲绳三线，还开了一家餐厅，把冲绳的食物和音乐演奏结合在一起。问起20年后最想让人记住的是什么，他脱口而出便是冲绳音乐人，并且希望音乐能成为中日之间文化交流的桥梁。

初中回到冲绳找到自己的根

1988年出生的西原圭佑，故乡是冲绳，小时候随家人赴美，后又回到东京，直到读初中时才回到冲绳。当时，因为英语不好，家人特别想让他上国际学校，而东京的国际学校费用又特别高，于是辗转找到一家在冲绳的国际教会学校。家里觉得这也算是个国际学校，而且在冲绳还有不少亲戚，于是便决定让父亲继续留在东京工作，母亲则带着他和妹妹回到了冲绳老家。

借这个机会，西原圭佑对冲绳有了越来越多的了解："琉球诸语"包含六大语言（琉球诸语是正式名称），冲绳小岛的生活方式，当地的自然景观……西原圭佑还和本地音乐结缘，开始和当地的朋友学习用冲绳本地的乐器——冲绳三线，弹奏本地民谣。初中、高中的五年时间里，西原圭佑越发喜欢这种乐器，也因为三线，他才深刻地认识到冲绳是自己的根。

意外来到中国留学

本来冲绳人并不喜欢离开家乡，都比较享受海岛的安逸生活，而西原圭佑上的是国际学校，学生来自全球各地，这也培养了他独特的性格。国际学校很多学生毕业后会去美国或者其他国家继续学习。西原圭佑原本也想到欧洲去，当他和家人说起留学的计划时，家人便提到了在20世纪80年代去中国留学的西原圭佑的叔叔，当时叔叔在武汉大学留学。“家人觉得，叔叔在80年代便能在中国生活得很好，而且中文在日本也越来越流行”，于是，他便决定前往中国。

来中国之前，他对中国一无所知，以为去北京是最好的选择（在日本，标准汉语叫作“北京语”，因此大家都默认北京是最适合学普通话的地方）。碰巧一位已经在中国留学的姐姐成了他的贵人，她跟西原圭佑普及了关于中国的一些情况，还告诉他上海有冲绳的同乡会，去那里可以互相照应。于是，西原圭佑便在姐姐的带领下来到了上海，那是2006年的9月。从到上海的第一天开始，住在上海的冲绳老乡就给了他很多帮助，既包括找学校、住宿，也包括实习、工作等方面。

留在中国传播冲绳文化

西原圭佑在中国读的是旅游专业，刚毕业时，和大多数的年轻人一样，他选择去公司上班，周末兼职推广冲绳的三线音乐。但受工作拘束，西原圭佑并不能完全投入冲绳音乐的推广。他担心生活不稳定，一直不敢辞职，直到后来遇到了合伙人，合伙人不断鼓励西原圭佑早点开启自己的事业。“他给了我极大的自由，让我去做自己想做的事情。”

辞职一年多来，西原圭佑的业务已经从原来周末的三线学习班，扩展到课程、表演、线下活动等多样化发展，并在此基础上，慢慢演变成在海呗餐厅，将冲绳三线音乐、冲绳本地美食和日本酒的文化融合在一起的模式。

“冲绳音乐都是几百年的老歌，也是极具冲绳精髓的曲子，如果只是弹奏传统民谣的话，可能年轻人并不感兴趣。”西原圭佑说，他希望能够将冲绳音乐和中国元素结合起来，比如《花心》这首周华健的经典歌曲，其实就是冲绳音乐，还有《后来》这首歌，原版也是两个冲绳女孩唱的。这样的曲子不少，他想发掘一下，通过这样的方式尝试打破隔阂，让中国的听众更容易接受和喜欢上冲绳文化。

谈到未来，西原圭佑最希望让人认可的身份是冲绳三线音乐人，希望通过音乐，搭建起中日友谊的桥梁，更希望自己能够成为冲绳文化的传播使者。谈到这里，西原圭佑眼里写满了对未来的希望。

小知识

据上海音乐学院黄婉教授研究，冲绳三线为冲绳特有的乐器，起源于中国小三弦。1429 年（明朝永乐年间），琉球王国统一，伴随两地贸易和文化往来，中国小三弦传到了琉球。因为琉球国王鼓励士族子弟学习中国文化以提高素养，三线逐渐在琉球兴起。16 世纪，三线传到日本演变成各类日本三味线，如使用猫皮的长呗三味线和使用狗皮的津轻三味线等。

景辰主编点评

交流中，笔者感受到西原先生致力于用音乐让自己成为“中日文化交流的民间使者”的情怀，同时也感受到他将自己热爱的冲绳音乐传播给更多人的使命感。在西原先生看来，冲绳在地理位置上有非常独特的优势，一是冲绳远离日本东京，在地理位置上相比日本其他地方离中国更近。冲绳县在古代叫琉球，有“三十六姓”之说。冲绳学学者伊波普猷、真境名安兴于1916年出版的《琉球五伟人》一书中记载了中国姓氏故事，其中包括为琉球发展做出巨大贡献的五位历史人物麻平衡、向象贤、蔡温、程顺则、向有恒。其中，蔡温、程顺则是闽人三十六姓的后裔。冲绳也居住着很多福建人后裔，最具中国祖源的区域文化优势。未来冲绳在特色产品与文化、旅游等方面的中日文化交流价值，值得我们期待。

左：林依铃，中：西原圭佑，右：王景辰

方德辉

——落地生根、落叶归根

留学冲绳

方德辉，福建长乐人。郑和七次下西洋，有六次都是从长乐的太平港出发。福建古称闽，自古以来就是著名的侨乡。闽这个字，源自古代福建的图腾——“闽，东南越，蛇种”。相传蛇是龙的雏形，只有遇水变蛟越过龙门，才有机会成为真龙。或许正因如此，福建人似乎天生就具备爱拼敢赢的精神，方德辉也继承了热爱探索的传统，是“愿为天下先”精神的践行者。

落地生根

1992 年，方德辉考进了福建教育学院，就读英语专业，毕业后被分派到曾经的母校教学。英语是当时的热门专业，也是人们关注世界、了解世界的窗口。在教书育人的空暇，他在当时为数不多介绍外国的电视节目里，看到了一部有关福建和冲绳建立友好省县关系的专题节目，那一片同样碧蓝的海洋引起了方德辉的注意。冲绳这两个字，就此嵌入了他的心里，也成为他留学梦的着陆地。

1996 年 5 月 18 日，方德辉如愿前往冲绳，进入冲绳国际大学深造。在校期间，他秉持“从我做起”的信念，积极致力于增进当地民众对中国、对福建的了解，经常给《琉球新报》投稿。还只是初出茅庐的青年，方德辉就已展露出过人的眼光和远大的抱负。当时福建省主要领导同志到访冲绳期间，担任中国冲绳留学生协会副会长的方德辉也作为留学生代表，陪同前往当地福州园观光，并共进了午餐。

大学毕业后，方德辉创设了便行控股株式会社。他在较早阶段就意识到冲绳跟中国经贸合作的重要性，并提出了“再建琉球大交易时代”的倡言。为了将倡言变成可行的计划，他还前往京都龙谷大学考取 MBA 学位——龙谷大学是当时全日本唯一一个开设了中日商务领域 MBA 的商学院。

让冲绳白酒走出日本走向世界

2018 年，日本相关部门为了救助冲绳特色产业，公开招募泡盛酒振兴项目的合作伙伴。在日本，一提到烧酎，大家立即就会想到萨摩藩、鹿儿岛；一提到泡盛酒，也会脱口而出是冲绳特产。据《陈侃使录》记载，明代册封使陈侃于 1534 年出使琉球，琉球国王就曾以泡盛酒款待他。

据记载，泡盛酒的酿造工艺最初由中国传入冲绳，当地也一直保持着古法造酒的技艺，正在申请世界文化遗产。然而，悠久的历史并不能延续今天的繁荣，目前冲绳一共有 47 家酿酒厂，但只有 16 家处于盈利状态，这 16 家也都不可避免地在走下坡路。

方德辉曾经出口过三个货柜的泡盛酒到国内展销，由于产品附加值低、认知度低，外加运输费用高，遭受了市场冷遇。

方德辉非常珍惜这次失败的经验教训，迅速反思并分析问题出在哪里，他很快就清楚地掌握了泡盛酒在国内遭冷遇的真正原因。知其然，也知其所以然之后，他觉得自己有必要主动请缨，帮助泡盛酒转“危”为“机”。

从进入冲绳国际大学开始，方德辉就积极投身于当地的文化交流活动，有了经济基础后，更是全力助推冲绳与国内的贸易交流。凭借长期以来的实力认证与人脉基础，他当仁不让地被日本相关行政机构选为年度泡盛酒振兴项目的合作伙伴，和日本行政部门、冲绳企业一起将泡盛酒介绍给中国，介绍给世界。

冲绳当地人饮用的泡盛酒，酒精度大约在 30 度到 43 度之间。为了适应中国人饮用白酒的习惯，方德辉采用了 53 度的

泡盛酒原浆。为了提高产品认知度，方德辉为泡盛酒取了一个更容易被中国人记住的名字——冲绳白酒。负责酿造冲绳白酒的瑞穗酒造，创业于 1848 年，是琉球王国的古都首里历史最悠久的酿酒厂，也是曾经被琉球国王钦点酿造贡酒的“御窖”，它所酿造的“御酒”多次用来招待外国使节。酒香也得靠吆喝，极具品牌意识的方德辉，又根据这段史实，将产品命名为“王国贡酒”。

2021 年 3 月 4 日，方德辉（右三）、西原佳佑（左二）一行合影留念

景辰主编点评

落地生根、落叶归根，个人脚踏实地的每一步，最终都将汇聚成时代前进的一大步。方德辉作为来自福建、定居冲绳的旅日华人，已经成为推进中日民间交流跨入新时代的助力器之一。他的个人奋斗史，也将被记录在现代冲绳经贸文化交流史中，成为不可分割的一部分。

【第三部分】

匠心人物

匠心人物❶

伊藤满

- 出生于日本福冈县
- 四十多年的日本料理烹饪经验
- 擅长制作手握寿司及传统的怀石料理
- 广州日本料理协会会长
- 日本美食亲善大使

岩井友则

- 广州日航酒店弁庆日本料理首席厨师长
- 2020 年度日本美食普及亲善大使
- 曾在法人琦玉国际学院厨师学校执教
- 曾任日本驻中国、丹麦、新加坡、挪威大使馆官方厨师

匠心人物❸

小林金二

- 日本料理普及大师
- 北京日本厨师协会名誉理事
- 北京藏善餐饮有限责任公司日本料理烹饪总监督

榊明生

- 江户前寿司板前顾问
- 专注传统寿司 27 年
- 宫城县仙台市瑞凤温泉总料理长
- 东京都新宿歌舞伎町江户前料亭料理长
- 东京都银座五满意寿司店料理长

匠心人物❺

三轮启殿

- 北京晴山餐饮有限公司总料理长
- 北京日本料理调理师协会理事
- 日本美食普及亲善大使

匠心人物❻

铃木民夫

- 荣获“亚洲十大名厨”称号
- 曾任新宿海豚割烹滨源料理长
- 曾任银座京怀石米田料理长
- 曾任教于裹千家坂田宗大茶道教室
- 创立茶怀石云母亭料理店
- 创立京怀石壬生料理店

匠心人物❼

曾我井充昭

- 曾任辻调理师专门学校日本料理教授
- 曾任新世纪饭店日本料理云海料理长
- 供职于日本料理千紫膳
- 锦食屋 SOGAI 料理长
- 北京日本料理调理师协会理事

匠心人物❽

殿山满男

- 曾供职香港职业训练局
- 曾任日本料理 TONO 总厨师长
- 河豚处理责任人
- 国际寿司顾问
- 深圳市日式料理行业协会料理顾问

匠心人物⑨

富泽浩一

- 江户前寿司料理顾问
- 东京老牌高级料理店よし邑总料理长
- 日本调理师东友关料会理事长
- 日本料理研究会专务理事
- 东友会调理师介绍所理事长
- 日本料理研究会专务理事
- 日本调理技能士会联合会常务理事
- 东京都日本调理师技能士会副理事长
- 调理技术技能检定考试主任考试委员
- 东京都调理师考试主考监督员

匠心人物⑩

宫田克哉

- 割烹美作料理长
- 料亭雅亭料理长
- 后乐酒店料理长
- 北京盘古七星酒店花传料理长
- 北京日本料理调理师协会理事

匠心人物⑪

村田吉弘

【第四部分】

匠心产品

1. 白岳

SINCE 1900
THE JUNMAI SHOCHU
COOL JAPAN
HAKUTAKE
SHIRO
白岳

白岳
HAKUTAKE
SHIRO
THE JUNMAI SHOCHU

2. 朝日

"可尔必思" 乳酸菌饮料
可尔必思
カルピス
"可尔必思" X 苏打
カルピスソーダ
超大杯 "可尔必思"
メガ"カルピス"
美味，为健康支援
Light & Crispy
Yummy
Simply delicious!
可尔必思
カルピス
SINCE 1919
不含防腐
乳酸菌饮料
零脂肪
不含人工色素
100年历史
可尔必思 乳酸菌饮料
CALPIS WITH MONIN FRUITS
超人气的可尔必思同MONIN水果糖浆绝配组合！
每天都有不同的美味记得期待。
可尔必思 菠萝 カルピス パイナップル
可尔必思 西柚 カルピス グレープフルーツ
可尔必思 芒果 カルピス マンゴー
可尔必思 黑加仑 カルピス カシス
可尔必思 草莓 カルピス ストロベリー
可尔必思 青柠 カルピス ライム
※画像はイメージになります。(图片仅提供参考)

KARAKUCHI
入口畅快凛冽
后味干爽利落
我们称为 Karakuchi 口感
DRY
Asahi

3. 亦竹

iichiko
IMPORTED
椰林梦醉
iichiko
亦竹
手中的远方　酒里的世界

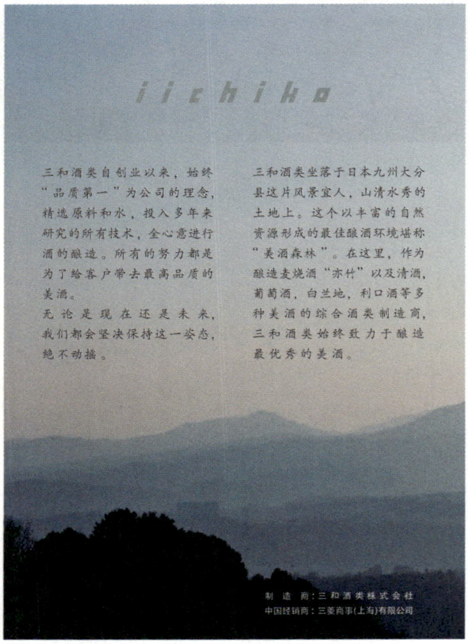

iichiko
三和酒类自创业以来，始终“品质第一”为公司的理念，精选原料和水，投入多年来研究的所有技术，全心意进行酒的酿造。所有的努力都是为了给客户带去最高品质的美酒。
无论是现在还是未来，我们都会坚决保持这一姿态，绝不动摇。
三和酒类坐落于日本九州大分县这片风景宜人，山清水秀的土地上。这个以丰富的自然资源形成的最佳酿酒环境堪称“美酒森林”。在这里，作为酿造麦烧酒“亦竹”以及清酒，葡萄酒，白兰地，利口酒等多种美酒的综合酒类制造商，三和酒类始终致力于酿造最优秀的美酒。
制造商：三和酒类株式会社
中国经销商：三菱商事(上海)有限公司

4. 黑雾岛

Kirishima Shochu
Japanese Traditional Spirits

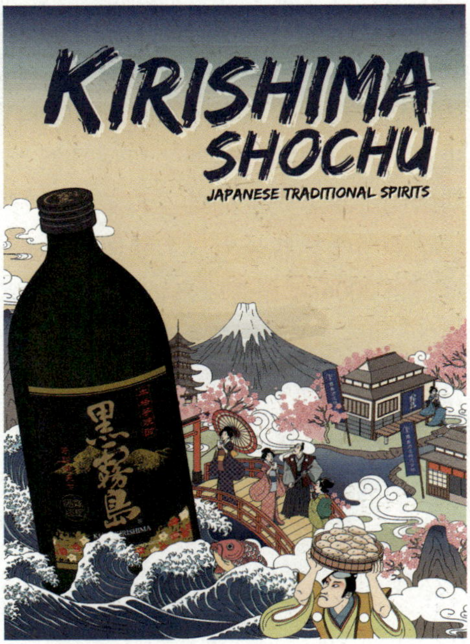
KIRISHIMA
SHOCHU
JAPANESE TRADITIONAL SPIRITS
黑霧島

5. 江户前

江户前餐饮集团创始人——姜炳升在青年时期就对美食产生了浓厚的兴趣，带给人们更多美味成为他的追求。姜炳升于1998年赴日本仙台留学，就读于日本料理专科学校，踏入日本料理界，与此同时开始了寿司料理人的修行生涯。在日本期间得到了包括丹能光一（日本米其林三星寿司大厨小野二郎同师门金泽志先生的弟子）在内众多名师指导，真正体会到寿司的精髓，从一个寿司学徒成长为一个管理二十多家寿司店的店长。

自2006年创立以来，江户前品牌日料店遍布全国多个城市，并取得了辉煌的成就，2014年至今江户前连续获得中国日料十大品牌、中国餐饮至尊品牌奖、中国国际美食最具影响力品牌、北京餐饮十大时尚品牌、北京餐饮五十强等殊荣。2017年10月1日经过三十多名厨师耗时二小时创造的“世界最大——九龙壁寿司”入选吉尼斯世界纪录。

6. 麒麟

标签上的「麒麟兽」是？
传说中的圣兽——麒麟。
麦芽100%
一番搾り
KIRIN ICHIBAN
PRIME
麒麟兽小知识：隐藏的「キ·リ·ン」文字

一番搾り
KIRIN ICHIBAN
100% malt, first press beer.
麦芽100%
KIRIN ICHIBAN
一番搾り
只采用麦芽和
啤酒花酿造
完全不采用其他辅料
(例：大米、玉米淀粉等)

7. 丸友

丸友
マルトモ
百年丸友 至臻追求
感動を、
削り出そう。
轻柔曼舞的木鱼花，和风料理的精华。
削りぶし
削りぶし
削りぶし
風味湯包

8. 味滋康

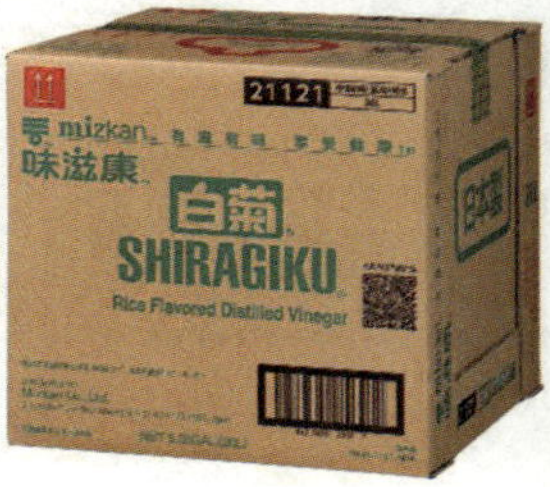
mizkan
味滋康
白菊
SHIRAGIKU
Rice Flavored Distilled Vinegar

ミツカン
白菊
味ぽん

FUTOMAKI
AKAGAI
AMAEBI
ANAGO
AOYAGI
AWABI
TEKKAMAKI
HAMACHI
IKURA
KOBASHIRA
AJI
GARI
HAMAGURI
UNI
HIRAME
HOTATEGAI
mizkan. Try Fun and Flavor of Delicious Sushi.
SAYORI
EBI
TAI
SHAKO
SABA
MAGURO
KOHADA
KAPPAMAKI
TORIGAI
UMESHISOMAKI
TORO
IKA
TAMAGO
TAKO

9. 瑞穗冲绳泡盛酒

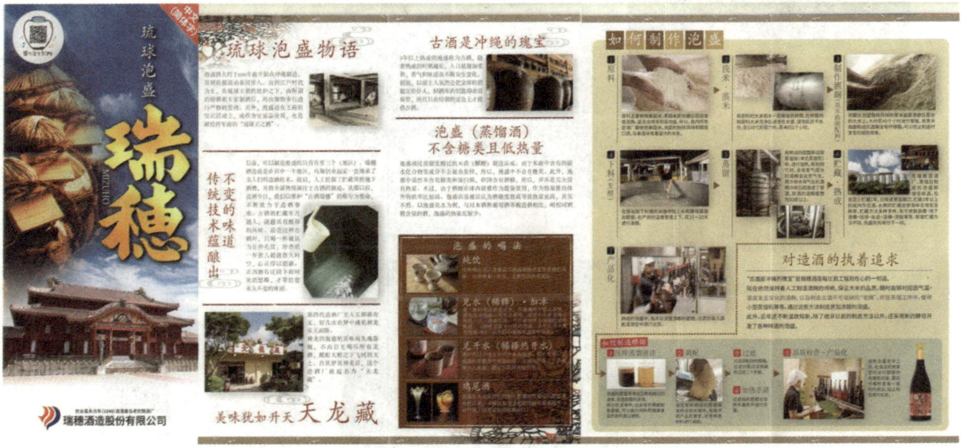
琉球泡盛
瑞穗
瑞穗酒造股份有限公司
琉球泡盛物语
古酒是冲绳的瑰宝
泡盛（蒸馏酒）
不含糖类且低热量
不变的味道
传统技术酝酿出
美味犹如升天 天龙藏
如何制作泡盛
对造酒的执着追求

10. 冲绳啤酒

11. 优酪思果

优酪思果·YOGURSCOOL
优酪思果
Yogurscool
·经典原味·
ORIGINAL FLAVOR
优酪思果冰沙
酸甜滋味
舌尖上的恋爱派对
经典
原味
优酪思果
浓缩乳酸菌饮料
可搭配食伯乐风味糖浆，亦可
添加于食伯乐雪沙中增添口味
无添加
防腐剂
不含
人工色素
不含
反式脂肪酸
3g/100mL
蛋白质含量

12. 川源顺

川源顺
CHUAN YUAN SHUN
方泽川
川源顺餐饮创始人
川源顺餐饮管理服务有限公司创始人方泽川先生是一个非常优秀的典型80后代表，2005年开始进入海鲜水产行业，一干就是16年，他带着对海鲜水产行业无限的热爱在2016年创立了自己的品牌“川源顺”。
公司秉承着“诚信第一，品质为先”的理念，在中国日本料理界以及中国本土料理界提供优质的海鲜食材，公司致力于打造全国最全面、做好的海产品供应链平台，让消费者真正吃上新鲜、放心的海鲜食品。
方泽川先生他本人不管是在做人还是做事方面都是精益求精，奉行勤行、怀德的价值观，得到了水产行业和料理界的高度认可。川源顺在他的带领下一定能为有需要的朋友提供更多的价值和服务。

川源顺
CHUAN YUAN SHUN
食材
产地直供
鱼材多选
自由搭配
专业
鲜活食材
专业技术
现杀现做
服务
极速同城配送
三文鱼可顺丰空运

13. 全农

14. 甲州威士忌

品|牌|故|事

[甲州之源——韮崎御敕使蒸馏所]

在富士山脚下流淌着的富士川，是由釜无川与御敕使川合流而成，武田信玄在此筑起了著名的“信玄堤”。

在信玄堤与御敕使川源头之间，坐落着“韮崎御敕使蒸馏所”，它被秀丽的森林与流水包围着。这是甲州威士忌的原点。

15. 可尔必思

天天青春
可爾必思 水語
可尔必思牌水语
乳酸风味饮料
カルピスウォーター
0%脂肪
酸甜可口
カルピスウォーター
CALPIS WATER
乳酸菌飲料
0%脂肪
熱量只有29kcal/100ml
乳酸菌
0脂肪
清爽酸甜 百喝不腻
不含色素与防腐剂
乳酸菌发酵技术
百年美味 安心饮用

16. 远洋渔业协会

17. 深三和

专营日料综合食材酒水30年
日厨PB定制 | 菜单提供 | 厂家上门研发
酒 水：清酒 | 烧酒 | 梅酒 | 果酒 | 气泡酒 | 日威 | 嗨棒highball |
冻 品：冻鱼 | 冻肉 | 冷冻预制品 |
代理经销『日本国内6大畅销清酒』
白鶴
HAKUTSURU SAKE SINCE 1743
月桂冠
松竹梅
菊正宗
日本盛
大関
【食材】 才（人才）| 米 | 油 | 盐 | 酱 | 醋 | 茶 | 酒 |
才
古代用“柴”
现代用“才”
米
油
盐
酱
醋
茶
酒

18. 深圳市日式料理行业协会

19. 日料商学院

日料商学院
商学院简介
日料商学院由中国饭店协会日本料理委员会于2018年发起成立，弘扬日本料理文化及日本料理深厚的匠人文化精神，为国内的日本料理行业、企业提供更多学习、交流、进步的机会。致力于服务日料行业，推广优质企业，树立品牌标杆，构建和谐日料生态圈，为国内的日料行业提供最大的支持和协助！
中国饭店协会日料委员会认证证书
日本农业水产省铜牌认证证书
日料商學院
Cuisine Business College
菜品升级指导
日料店内运营指导
日料商学院厨师会员招募
中国饭店协会日料委日料商学院 院长
中和之道（深圳）教育科技有限公司 董事总经理
深圳日料行业协会 理事
深圳餐饮商会日料研究院 副秘书长

20. 大关辛丹波

OZEKI
SAKE
Karatamba
Excellent dry sake
辛丹波
本醸造
淡麗辛口
Full, smooth and
rich flavor on the palate.
Please drink responsibly.
L'abus d'alcool est dangereux pour la santé. A consommer avec modération.

21. 丸米

*以下产品均为日本原装进口
(原味-抹茶)
糀甘酒
美容健康发酵饮品
无砂糖无酒精
(肉块-肉粒-肉条)
大豆肉
大豆素肉、不使用添加剂
食物纤维更丰富
(鸡蛋菠菜-豆腐青葱)
味噌汤
日本锁鲜技术、即冲即饮
一休味噌
匠心酿造、百搭酱料、汤鲜味美
marukome
since1854

【第五部分】

日本民歌

1. 罗传开生平简介

罗传开，1932 年 6 月出生于广东省高明县（现为佛山市高明区），2013 年 8 月 26 日因病在上海去世，享年 81 岁。

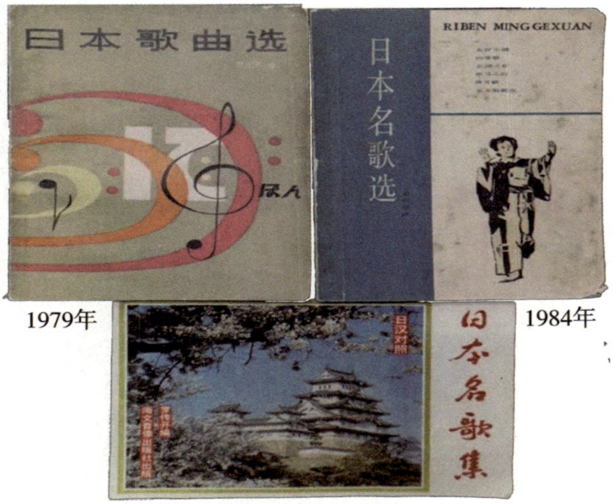

1979年　1984年　1995年

罗传开部分译著

罗传开 1958 年 7 月毕业于上海音乐学院理论作曲系，曾任以下职务：上海音乐学院教授、研究员，华东师范大学客座教授；上海音乐学院日本音乐研究所所长；中国音乐家协会音乐理论委员会委员；上海音协理事；上海翻译家协会理事；东方音乐学会副会长；中国传统音乐学会常务理事；上海日本学会会员；《音乐艺术》编委；《吉他之友》顾问；《中国大百科全书》音乐学科“亚非拉音乐”副主编。

罗传开的主要著作有《外国通俗名曲欣赏词典》（上海辞书出版社，1987 年）、《古典、创新、抒情、诙谐：普罗科菲耶夫作品选介》（人民音乐出版社，1985 年)、《外国器乐小品欣赏》（同济大学出版社，1986 年)、《欧洲古典名曲欣赏》（与田晶合著，中国国际广播出版社，1986 年)、《日本歌曲选》（上海文艺出版社，1979 年)、《日本民歌选（日汉对照)》（上海译文出版社，1984 年)、《日本名歌集（日汉对照)》（海文音像出版社，1990 年)、《圆舞曲之王：约翰·施特劳斯和他的主要作品》（人民音乐出版社，1981 年)、《外国名曲欣赏词典》（上海音乐出版社，2003 年)。

1978 年，滕玉娣（左前，18 岁）与罗传开（左后，46 岁）于上海郭沫若之子（右后）和日籍儿媳（右前）家中

罗传开的主要译著有《战后日本文学史年表》（合译，上海译文出版社，1982 年)、《出自积淤的水中——以贝劳音乐文化为实例的音乐学新论》（中国社会科学出版社，1999 年)。

主要论文：《西方文化与 20 世纪华人音乐创作》（1995)、《二重的文化接触：受西方影响的日本学堂歌曲对中国的传播》（1990 日文版，1991 英文版)、《中国日本近现代音乐史上的平行现象（序论）——历时性变容》（1987)。

罗传开在 1972 年的中日邦交正常化期间，作为中国文化亲善使节代表团成员，与中国歌唱家、芭蕾舞团等一道东赴日本，受到日本首相田中角荣的接见。

罗传开的父亲罗朋，曾是联华影业公司的电影演员，是中国第一代有声电影演员。曾出演有声电影《渔光曲》（蔡楚生导演，1934 年）里的何家少爷，和《大路》（孙瑜导演，1934 年）里的筑路工人。

罗传开是我母亲罗威英的侄儿，即我的表哥。感恩表哥从小辅导我学日语，从日本童谣、民谣、拉网小调到演歌，让我从小就领略了日本文化。这样的教育背景使我成了 1977 年恢复高考后第一批就读于上海对外经贸大学外语系日语本科专业的学生。也让我成为 1984 年深圳市人事局招聘小组前往上海招聘的第一位日语翻译。

时隔多年，故人已去，我自己在将日本食品推介到国内的日料行业里开拓了另一番事业。使命感和责任感驱使我要为这一切写点什么、出版点什么，继续为中日文化传播交流尽一份微薄之力。

由于表哥没有子嗣，我希望每半个世纪能再版一次他的作品，并希望我的后代能坚持下去，以纪念罗传开先师，让这些宝贵的中日文音乐资料和注解得以传承。

（滕玉娣　撰）

2. 日本民歌的体裁及调式样式*

民歌是人民的心声。日本民歌反映了日本人民的生活和思想感情，有些与劳动生活密切相关，有些则与民间的风俗有关，这从民歌体裁也能窥见一斑。日本民歌的体裁通常分成十大类：田歌、场地歌、山歌、海歌、作业歌、路歌、祝贺歌、节日歌、游戏歌、儿歌。

（1）田歌：翻土歌、踏泥歌、浇水歌、插秧歌、除草歌、收割歌等。

（2）场地歌：勒稻歌、打稻歌、捣稗子歌、捣麦歌、踏麦歌、捣米歌、磨粉歌、搓绳歌等。

（3）山歌：上山歌、割草歌、山风歌、砍枝歌、砍木歌、山场歌、运林歌、茶山调等。

（4）海歌：卸船歌、船歌、换水调、起网歌、鲸鱼歌、海滩歌、采海苔歌等。

（5）作业歌：木工歌、伐木歌、打棉歌、造酒歌、榨油歌等。

（6）路歌：赶马歌、牛夫歌、夜出歌、雪橇歌、拉木歌、路途歌等。

（7）祝贺歌：客堂歌、出嫁歌、酒兴歌等。

（8）节日歌：进宫歌、迎神歌、送神歌等。

（9）游戏歌：田游歌、射的歌、赶鸟歌、拔河歌、新年歌、盆歌、舞歌等。

（10）儿歌：催眠歌、拍球歌、猜拳歌、画图歌、快嘴歌等。

可见，大多数日本民歌都跟人民的劳动生活息息相关。当然，劳动歌曲在演唱时并不一定伴随着劳动，有些是在劳动前后或休息时演唱的。比如割草歌，常常是在去割草的路途中演唱的。

许多民歌的词曲依然保持着人民劳动生活的形迹。拿伐木歌来说，伐木工人从这山走到那山，常常要在山窝里待很久，伐木歌不仅反映了他们单调的生活和劳动，也反映了他们的境遇和希望。许多伐木歌还有一个共同特点，即歌

---

* 本节内容由罗传开教授于1981年10月撰写，选入本书时有增删。编者注。

词中用模拟锯木声的象声词作为衬词（曾在我国演出的管弦乐曲《伐木歌》的第一段，作曲家小山清茂创作时就充分运用了这一特点）。日本民歌中衬词特别多，这跟劳动时的节奏、吆喝声有一定的联系。例如，在我国有时译成《拉网小调》的日本最流行的民歌之一《索兰调》，开头一句就全是衬词（“呀连索兰家兰索兰索兰哈依哈依”）。《索兰调》原是北海道西北部沿海渔民捕鲱鱼时唱的渔民号子。捕捞鲱鱼时，不同的劳动工序唱着不同的民歌有“摇船号子”“起网号子”“吆喝号子”“洋面捞鱼号子”等。所谓“洋面捞鱼号子”，就是在海面上把鲱鱼从原来的船上转移到搬运船上时演唱的号子，唱时用“索兰索兰”的吆喝声作为衬词，后来也就叫作《索兰调》了。

日本的民间儿歌分为催眠歌、拍球歌等，也很有特点，尤其是其中的催眠歌。这不像欧洲的摇篮曲那样是由母亲唱给孩子听的歌曲，多数是穷苦人家的小女孩被迫离开家乡到别人家里当小保姆时唱的。这些小女孩背着东家的幼儿度过自己的童年，于是唱出思念家乡、慨叹身世的歌曲。催眠歌有时还表现出对繁重劳动的怨恨，对压迫的控诉和反抗，《五木催眠歌》就是其中最流行的一首。球磨郡五木村在离熊本县人吉市二十多公里远的山窝窝里，来自那里的这首咏唱小保姆悲苦身世的歌异常动人。灌制唱片发行以来，就在日本全国流传。据说，现在流传的旋律跟当地唱的很不相同，但是其词曲依然反映了上述思想内容（以前译成《五木摇篮曲》的，改为《五木催眠歌》为宜，以便和欧美流行的摇篮曲相区分）。

历史与现状

日本民歌研究专家町田嘉章在20世纪70年代为日本《大百科辞典》撰稿的文章中指出：有旋律的、现存的日本民歌，绝大部分都是17世纪（江户时代初期）的产物。有些祭神的古老民歌则更早一些，产生于室町时代（1336—1573年）。在此之前当然也有民歌，但是旋律已失传了。与劳动密切联系的朴素的民歌产生得比较早，与社会生活相联系的祝贺歌如出嫁歌等，也由来已久，但现在都不易听到。随着时代的变迁，民歌也有了很大的变化。町田嘉章曾编制《日本民歌一览表》，其中列举了250首民歌，并把它们分成A、B、C三种情况。第一种情况（A）是：属于第一次原始产业时代的朴素的祝贺歌曲、劳动歌曲等，现在已唱得不多。第二种情况（B）是：属于适应第二次加工产业时代而由A变成娱乐性歌曲者。第三种情况（C）是：属于适应大众口味而变成突出技巧性，正在成为酒席歌曲以及为舞台表演所用的歌曲。像前面提到的《索兰调》属于B→C。《五木催眠歌》属于A→C。他列举的250首日本民歌，属于A的有47首，属于B的有22首，其余都是C，或A→C，或 B→C。而一般听到的几乎都属于 C 类。

上面的情况说明，来自农村的朴素的民歌，尤其是酒席中或民间节日时唱的歌，后来受到城市流行音乐的影响，用三味线（类似中国的三弦）、尺八和鼓来伴奏的现象变得司空见惯、理所当然。同时，由于歌词的格式已定型（大都是 7 · 7 · 7 · 5 的 26 个字的格式），同一首民歌旋律填上不同歌词的做法普及开来，许多民歌就演变成助兴的娱乐歌曲（即 A →B）。

町田嘉章还指出："民歌登上舞台变成'舞台上的民歌'，成为供表演的歌曲后，日本民歌进入了为人们余暇服务的时代。为此，日本民歌开始丧失民歌最基本的条件'乡土气质'。"他说："倘若说这是现代民歌爱好者共同的趣味，我也无话可说。但是，如果民歌爱好者不首先去认识对民歌来说最重要的'乡土气质'，从而再来督促舞台上的演员注意这个问题，那么，由于舞台上的人是受听众任意摆布的，这样就有可能发生终于失去真正的'民歌'的危险。"这些话，对我们也是很有启发的。

调式和样式

上面简单地谈了日本民歌的体裁以及从中反映出来的与人民生活的关系，尤其是跟劳动的关系，即日本民歌的历史与现状。对这些问题，日本民俗学家柳田国男（1875—1962）、折口信夫（1887—1953），日本民歌研究家町田嘉章（1888—1981）、藤井清水（1889—1944）、武田忠一郎（1896—1971），民族音乐学家小泉文夫（1927—1983），民歌研究家竹内勉（1937 年生）等许多学者都做过大量的调查研究工作，并取得了很大的成绩。

关于日本民歌的艺术特点，小泉文夫曾在《日本传统音乐的研究：民歌研究的方法和音阶的基本构造》（音乐之友社 1958 年版）中做过详细的分析。

日本民间音乐用的都是五声音阶性质的调式。日本民歌最常用的调式称为"日本民歌调式"（又称民谣音阶），其与我国的 La－Re 调式相同，以羽（6）和商（2）为核音，日本民歌的旋律进行和基本音调，以四度三音列（如 6 1 2或 3 5 6等）为基础。此外，日本民歌也有用"律调式"（音列相当于我国五声徵调式）的。还有一部分日本民歌采用日本传统音乐的典型调式，叫作"都节调式"。如原来是传统音乐筝歌的日本民歌《樱花》，就是用都节调式构成的。它的特征是：主音及其上方另一个核音为纯五度关系，两个核音上方的音都是小二度关系（如 3 4 6 71 3）。有半音关系的五声音阶性质的调式还有"琉球调式""去四七小调式"等。所谓"去四七小调式"，就是在自然小调式的音列中除去了主音上方的四度音和七度音的调式（如 6 7 1 3 4 6，已除去2和5）。大家熟悉的《五木催眠歌》就是由去四七小调式构成的。总的来说，日本民间音乐的基本调式有四种：日本民歌调式、律调式、都节调式、琉球调式。其中，第一种为日本民歌的基本调式。上面提到的几种调式列表如下。

调式名称	调式音列（1＝C）	备注
日本民歌调式	6̣ 1 2 3 5 6	
律调式	5̣ 6̣ 1 2 3 5	如《索兰调》
都节调式	3 4 6 7 1 3	如《樱花》
琉球调式	1 3 4 5 7 1	冲绳地区的民歌有的用此种调式
去四七小调式	6̣ 7̣ 1 3 4 6	如《五木催眠歌》

小泉文夫认为，日本民歌的样式可分为两大类，并借用两首家喻户晓的日本民歌的曲名，将其定名为“八木调样式”和“岔路口调样式”（又称追分样式）。这两种样式的特点大致如下；

八木调样式	岔路口调样式
1. 一词一音为主，一词多音的拖腔较少 2. 节奏明确，板眼清楚 3. 音域较窄，常在谁都能唱的范围内 4. 分节歌形式，也有单纯的动机反复 5. 属于同一首歌的不同变体基本相同，比较定型化 6. 跟歌词结合的可变性较大，即有许多词不同、旋律相同的民歌属于此类	1. 常见一词多音的拖腔 2. 通常节奏不明确，为散板式 3. 通常音域广 4. 通常不是完整的分节歌形式 5. 比较定型化，但也有变化比较大的 6. 词曲的结合是固定的，因为歌词不同，旋律的拖腔部分就会起变化

总的来看，这两种样式最大的区别在于它们的节奏形态。八木调样式板眼清楚，多数是一板一眼。岔路口调样式则总体节奏不明确，往往很难划分成周期性的节拍，是散板式的，著名的《信浓岔路口调》就属于后者。

中国民歌里也有这两种样式。单拿上海地区的民歌来说，许多小山歌、小调以及劳动号子中的搬运号子等具有与八木调样式相同的特点。而曾经在上海郊县如青浦县（今青浦区）、松江县（今松江区）、金山县（今金山区）、奉贤县（今奉贤区）一带流传的多种田歌（当地称为“田山歌”），则显然具有与岔路口调样式相同的特点。这说明，中日两国的民歌在某些方面有相似的现象，有些方面甚至相同或相通。当然，这也丝毫不排斥两国的民歌依然各自有其独特的民族特性。

上面对日本民歌作了一些蜻蜓点水式的简单介绍。随着中日两国音乐文化交流活动的频繁，相信两国人民的心声——民歌的交流活动（包括民歌研究活动）也会日益频繁。

3. 日本民歌创作者简介*

田中穗积（1855—1905），《美丽的大自然》的曲作者。1900年前后，佐世保开始创办女子中学时，他应校方要求谱写了这首歌。1905年10月田中穗积去世不久，《美丽的大自然》的乐谱由东京神田音乐社以活页形式单独发行，迅速普及全日本。不久被改编成器乐合奏曲，成为在日本风行一时的圆舞曲。当时的学堂歌曲几乎都用偶数拍子、大调色彩的去四七调式写成，而《美丽的大自然》却具有小调式慢步圆舞曲的特点。它对后来的学堂歌曲的创作产生了一定的影响。

冈野贞一（1878—1941），《春天来了》（1910）、《朦胧月夜》（1914）、《故乡》（1914）的曲作者。这三首歌的词作者均为日本著名学者高野辰之（1876—1947）。冈野贞一毕业于东京音乐学校本科专修部，后来在母校任教授。在1910—1914年期间发表的主要学堂歌曲有《桃太郎》《夜梅》等十多首。其中现在依然被列为小学共同教材的有《春天来了》（二年级）、《春天的小溪》（三年级）、《红叶》（四年级）、《朦胧月夜》和《故乡》（六年级）。由此可见，他创作的学堂歌曲影响深远。

小松耕辅（1884—1966），1909年于东京音乐学校毕业，同年为研究、创作日本歌剧组成“乐苑会”。1920—1923年到欧洲留学，在巴黎国立音乐学院时跟维多尔、丹第、福谢等学作曲。1927年创办“国民音乐协会”，举办了日本最早的合唱比赛会，创作过大量的儿童歌曲。他不仅是作曲家，也是音乐评论家、音乐教育家。作品有歌剧《羽衣》、歌曲集《桫椤树》《儿童歌曲集》等。著作有《现代法国音乐》《法国音乐史》《音乐之花盛开时》等书。

北原白秋（1885—1942），日本著名的现代诗人，《芭蕉》的词作者，许多日本作曲家都谱写过他的诗歌。在《芭蕉》中，他歌唱日本最著名的诗人松尾芭蕉（1644—1694）。为日本传统诗歌体裁“俳句”开辟了新天地的松尾

---

* 本节内容见罗传开编《日本歌曲选》（上海文艺出版社1979年版）。选入本书时有增删。编者注。

芭蕉，一生几乎都是在旅途中度过，这首歌曲形象鲜明地表现了这种意境。《就是这条路》的词是北原白秋1926年到日本北部（北海道札幌）时创作的一首托景抒情的短诗。歌曲于1926年8月发表在杂志《红色的鸟》上。

竹久梦二（1884—1934），《母亲》的词作者，也是画家、诗人。这首歌的词曲淳朴而深情。

本居长世（1885—1945），1908年于东京音乐学校本科毕业，后来成为母校的教授。除儿童歌曲外，他也写过一些其他音乐体裁的作品，但是流传下来的多为儿童歌曲，如《七只小鸟》《十五的月亮》《咩，咩，小山羊》《火车》《红鞋子》等。《七只小鸟》的词作者是日本著名诗人野口雨情（1881—1945），他的作品平易近人，富有民族色彩。译词考虑到民族习惯差异，将原文中的“鸹”都改为“鸟”了。这是一首日本人从小就会唱的歌曲。

小田岛树人（1885—1959），《玩具进行曲》的曲作者，东京音乐学校本科毕业。此歌于1923年在《东京日日新闻》上首次发表。长期从事音乐教育事业的他于1955年被授予秋田县教育功劳奖。

梁田贞（1883—1959），1912年于东京音乐学校本科毕业，既是作曲家也是声乐家，在母校及学习院任教多年。代表作有歌曲《雨中城岛》《白天的梦》，少年歌曲《蝌蚪》《橡子》等。《树叶》于1912年11月发表。

中田章（1886—1931），作曲家兼管风琴家，东京音乐学校教授，教理论和管风琴。《早春赋》是他的代表作，又名《早春之歌》，于1913年2月发表在《新作唱歌集》上。

三木露风（1889—1964），《红蜻蜓》的词作者。歌词写于1921年，自1927年谱成歌曲后不胫而走，为各国人民所喜爱。

《白等一场》写于1925年。从歌词可以看出，这是根据我国《守株待兔》的故事写成的。词曲的情趣诙谐、幽默，稍带说唱的性质。《砂丘》以安寿公主和厨子王姐弟寻母的故事为题材。日本的传说、小说、戏剧也常采用这个题材。《香榧树林》的歌词最早发表于1922年。

杉山长谷夫（1889—1952），1913年于东京音乐学校研究科毕业，也是小提琴家。代表作除抒情歌曲《起航》外，还有小提琴曲《年轻的回忆》。《起航》作于1928年。

弘田龙太郎（1893—1952），1914年于东京音乐学校本科毕业。1928年作为公派留学生前往德国，回国后担任母校教授。作品以歌曲为主，《小诸古城旁》《挨骂之后》《海边白鸟》等歌曲以及《鞋子踢踏响》《麻雀学校》等儿童歌曲流传极广。

多忠亮（1895—1930），东京音乐学校本科毕业，小提琴家。1918年谱写的《昙花》流传至今，歌词写于 1912 年。

成田为三（1893—1945），1917 年于东京音乐学校甲种师范科毕业，留学德国。很早就有志于音乐创作，留下了儿童歌曲《金丝雀》等许多好作品。最有名的是抒情歌曲《海边之歌》（1918），格调高雅，曾由世界著名大提琴家福伊耶曼（1909—1942）改编为器乐曲并灌制唱片。

井上武士（1894—1974），1918 年于东京音乐学校甲种师范科毕业，音乐教育家、东洋音乐大学教授、日本音乐教育协会会长、全日本儿童音乐家联盟会长。他创作的儿童歌曲中，《郁金香》《海》《割麦》等最著名。

大中寅二（1896—1982），1920 年于同志社大学经济系毕业，曾跟山田耕筰学习，1939—1940 年留学德国，管风琴家。音乐创作中合唱曲比较突出，《椰子》（1936）是流传最广的一首，词作者岛崎藤村（1872—1943）是著名的日本文学家、诗人。

松岛彝（1890—1985），东京音乐学校研究科毕业，女子学习院教授。著作有《音乐概论》等。写过不少曲子，《马儿》于 1941 年发表在《歌本（上册）》上。

桥本国彦（1904—1949），东京音乐学校毕业后任母校教授。1934—1937 年留学欧洲，跟库谢涅库、玄堡学作曲。作品甚多，涉及的体裁广泛。《滑雪歌》作于 1932 年，现在被列为小学通用教材（五年级）。

大津三郎（1907—?），东京音乐学校选科作曲系毕业。《环绕着鲜花周围》作于 1955 年。另作有儿童歌曲多首。

佐佐木俊一（1907—1957），主要写歌谣曲，除《新雪》外，曾流行的还有《想到佐渡岛》《我的青春》《灿烂的星座》《火鸟》等。

越谷达之助（1909—1982），1931 年于东京音乐学校甲种师范科毕业，是日本名歌唱家三浦环（1884—1946）的学生。创作有《啄木歌曲集》。其第一首歌曲就是《初恋》，写于 1938 年。一年后献给三浦环，并初次演出。《初恋》的词作者石川啄木（1885—1912）是日本进步诗人、文学评论家，也写小说。诗歌集有《一握砂》《可悲的玩具》《叫子和口哨》等，《初恋》选自《一握砂》。

古关裕而（1909—1989），福岛商业学校毕业，跟菅原明朗学作曲。1929 年获英国国际作曲家协会应征乐曲奖，1953 年获广播文化奖。流行的歌谣曲除《邮递马车》外，还有《长崎之钟》等。

平井康三郎（1910—2002），原名保喜，1934 年于东京音乐学校小提琴系毕业，1936 年在该校研究科作曲系毕业。他创作了大量的作品，有许多流传很广的歌曲，如《平城山》《摇篮》《故乡》等。

米山正夫（1912—1985），《森林水车》（1941）的曲作者，1934 年于东洋音乐学校钢琴系毕业。还写过流传颇广的《山上小屋的灯光》《回忆如云》等健康抒情的歌谣曲。

八洲秀章（1915—1985），原名铃木义光。山田耕筰、小船幸次郎的学生。曾任日本作曲家协会理事。写过的歌曲曾被许多电台播放，流行的有《樱花贝之歌》等。

浜口库之助（1917—1990），《玫瑰花开了》的词作者。1941 年于青山学院商学部毕业。曾获得唱片音乐大奖。代表作有《夜雾呵，今晚也感谢你》。

中田喜直（1923—2000），1943 年于东京音乐学校钢琴系毕业。音乐创作中歌曲和钢琴曲作品比较突出，他创作了各种体裁的歌曲，旋律优美动听，有其独特的抒情性，平易近人，为此深受欢迎。《夏天的回忆》（1949）、《街头上雪花纷飞》（1953）这两首更是闻名全国。儿童歌曲《小鳉鱼的学校》作于 1951 年。

团伊玖磨（1924—2001），1942 年入东京音乐学校作曲系，师从下总皖一、细川碧、桥本国彦。1945 年毕业后跟诸井三郎学习。1950 年《A 大调交响曲》获得日本广播协会（NHK）25 周年纪念管弦乐作品比赛的特等奖，这是他成名之作。1952 年创作歌剧《夕鹤》，获每日音乐奖、山田耕筰奖、伊庭孝歌剧奖等，并在世界各地上演，博得国内外好评，是日本歌剧的代表作、保留节目。他的创作体裁广泛，不论是交响乐还是独唱曲、合唱曲，都有许多出色的作品。他的文学作品（随笔等）也获得好评。1978 年任日本艺术院第二部（音乐、戏剧、舞蹈部）会员。1976 年任歌剧研修所所长。团伊玖磨曾六十余次来我国进行友好访问。《花丛中的街头上》作于 1947 年，《明亮的眼睛》被收进高中的音乐教材中，儿童歌曲《小象》可以说是所有日本儿童都爱唱的歌曲。这里介绍的几首歌曲远远未能代表他的歌曲创作，他还有大量艺术性很高的独唱曲。

大中恩（1924—2018），1945 年于东京音乐学校作曲系毕业。他是信时洁、桥本国彦、大中寅二的学生。主要写声乐曲，代表作有混声合唱组曲《我的动物园》《秋雨抒怀》等。

广濑量平（1930—2008），1953 年于北海道大学毕业，1959 年于东京艺术大学毕业。主要作品有尺八和弦乐器的作品《霹》、大提琴协奏曲《悲》、合唱组曲《在卡姆依的森林》《尺八协奏曲》等。曾任京都艺术大学教授，歌曲《春风》被选为中学的音乐教材。

4. 日本的歌曲

——从泷廉太郎的《花》说起*

日本家喻户晓的二重唱曲《花》，于1900年首次发表在歌曲集《四季》上。随着时间的推移、环境的改变，歌曲中描绘的东京隅田河的春色美景今日已观赏不到，但是唱出日本人民情怀的这支歌曲，却在日本人民的心里扎下了根，多年来一直被咏唱不止。

《花》的词作者武岛羽衣（1872—1967），本名又次郎，取霓裳羽衣曲的羽衣为号，文学家、诗人。著作有《霓裳微吟》《霓裳歌话》《新撰咏歌法》等。在开展日本歌曲的“言文一致”运动时，他身体力行，写了一些歌词，至今依然传唱的还有《美丽的大自然》等。

《花》的曲作者泷廉太郎（1879—1903），既是作曲家，也是钢琴家。1896年从东京音乐学校专修部毕业后，进入研究科深造，同时从事歌曲创作，出版了歌曲集《四季》等。1901年6月作为公派的留学生前往德国，入莱比锡皇家音乐学院。但是秋天就病倒在异国，翌年10月归国，在故乡大分疗养，后不幸逝世。当时他还不满24岁。

泷廉太郎的一生处在日本近现代音乐史刚翻开它的正文第一页的时期。他出生的那一年，虽然已有了中小学，并设置了唱歌课（小学）和奏乐课（中学），但实际上这些课程尚处在有名无实的阶段。后来中小学的唱歌课开课了，但是所唱的大部分是在苏格兰民歌等外国歌曲的旋律基础上填词的歌曲。虽然全由本国人写词作曲的作品寥寥无几，但是本国音乐家自己创作歌曲旋律的活动萌芽了。

泷廉太郎的歌曲集《四季》就是在上述的情况下产生的。附有伴奏的这本歌曲集除《花》之外，还有独唱曲《纳凉》、四重唱《月》《雪》等。1901年，《中学唱歌集》发表了他的代表作《箱根八里地》，《幼稚园唱歌集》发表了他写的儿童歌曲《麻雀》和《鸽子叫》。此外，他还作有独唱曲

* 本节内容由罗传开教授于1981年10月撰写，选入本书时有增删。编者注。

《荒矶》等，以上歌曲现在还能经常听到。泷廉太郎像一颗明亮的流星，很快就离开了人间，从事创作的时间也不长。但是，他创作了一批经得起时间考验的学堂歌曲（主要是供学生唱的合唱曲）、独唱曲、重唱曲，使当时处于萌芽状态的本土音乐创作（主要是歌曲创作）第一次开花结果。在20世纪刚开始的两年里创作的《花》等歌曲，使他成为日本明治时代（1868—1912）第一个最具代表性的作曲家。

《秋月》的原曲是混声四部无伴奏合唱曲，是上述歌曲集《四季》中的一首（《月》）。后来也由山田耕筰改编为独唱曲，歌曲情绪略带愁意。

学堂歌曲

学堂歌曲是个专用名词。从时间范围来说，是指1872—1941年在日本的学校教唱的歌曲。这种特定的演唱者（学生）和演唱场所（课堂），决定了它的演唱方式（集体唱）。总的来说，学堂歌曲大都是单声部的齐唱歌曲。在义务教育制度普遍得到贯彻的情况下，学堂歌曲对日本人民的影响是深远的。它伴随学生走向社会，成为他们终身的记忆，成为代表日本的名曲。这里提到的日本歌曲，有相当一部分歌曲的创作年份比较早，但是至今依然被称为“日本名歌”而广泛流传，甚至可以说是家喻户晓。其中大部分是由日本的诗人、作曲家作词谱曲的学堂歌曲（也有其他类型的学堂歌曲，留待下文再谈）。现在，日本人民耳熟能详的这些歌曲，常常被改编为其他声乐体裁（独唱曲、合唱曲）或器乐体裁以供欣赏。当人们介绍代表日本的音乐旋律时，除民歌之外，往往会列举这些歌曲，可以说，这是日本普通中小学音乐教育的一个成果。

最早的学堂歌曲

明治维新以后，日本开始创办中小学（先是在京都和东京）。1872，官方颁布了学制，其中规定小学设立唱歌课，中学设立奏乐课。但是，由于既没有教材和教具（乐器），也没有音乐教师，学制条文上就附记“暂欠”。因此，在新的学制下，安排了读书、作文、算术、英语等课程，但是唱歌课、奏乐课则过了好几年才正式开始。

学堂歌曲的日文用汉字“唱歌”表示，有时写成“文部省唱歌”。日文的“唱歌”是多义词，音乐课以及在课堂上教唱的歌曲和歌曲教材都被称为“唱歌”。“文部省唱歌”系指文化教育主管部门编审的音乐教材或其中的歌曲。

日本第一批学堂歌曲是由官方的乐师于1878年写成的。属于宫内省雅乐课的乐师自幼接触雅乐，其中的年轻人在明治维新后从京都移居到东京，很快注意到西洋音乐，这时他们已熟悉五线谱的记谱法和外国歌曲。由他们完成的十多首学堂歌曲（单旋律，无伴奏），其旋律都采用雅乐常用的五声调式，节奏则接近于比较单纯的外国歌曲，也比较适合合唱。其中有一首是根据我国传到日本的雅乐旋律《越天乐》填词的。

学堂歌曲体裁的形成

1879 年 10 月音乐调研所成立，由建议成立这个机构的东京师范学校校长伊泽修二（1851—1917）兼管，从此以后，音乐教员的培养和音乐教材的编选出版工作走上了正轨。到 19 世纪 90 年代中期，日本各小学的唱歌课也都能够正式上课了，学堂歌曲应运而生。1887—1897 年，出版的唱歌集已超过 30 种。这个时期最活跃也是最重要的作曲家是奥好义（1857—1933）和小山作之助（1863—1927）。奥好义写过《金刚石》《游船》《晚霞》《天长节》等学堂歌曲。小山作之助写过《夏天来临》《渔业歌》《川中岛》等学堂歌曲。他们的歌曲旋律，大部分都采用“去四七调式”（即从 1 2 3 4 5 6 7 的七声音阶中去掉 4 和 7 的 1 2 3 5 6 的五声音阶大调式）。可以认为，他们的歌曲创作，为日本学堂歌曲这种体裁特点的定型打下了基础。在这个时期，雅乐型的学堂歌曲已逐渐减少，代替它的是节奏以偶数拍子作周期性反复为特点，旋律为去四七调式（五声大调）的学堂歌曲了。

他们两人的歌曲创作跟我国也有关系。例如由小山作之助谱曲的学堂歌曲《学生宿舍的旧吊桶》（小池友七作词），于 1901 年 3 月在《中学唱歌集》上首次发表。这是勉励学生勤学苦练的道地的学堂歌曲。在大革命时期起过巨大作用的我国革命歌曲《工农兵联合起来》，就是用这个旋律填上新词后普及开来的。① 我国这个时期的歌曲中，借用日本学堂歌曲等外国歌曲的旋律填词的还有一些，至于日本的学堂歌曲，它借用西洋歌曲的旋律填词的那就比我们多得多了。尤其是明治时代，这类填词歌曲（歌词由日本诗人创作）占着相当大的分量，其中有不少现在依然在日本广泛传唱。日本早期填词的学堂歌曲中，最多的是五声音阶的苏格兰民歌，另外还有爱尔兰民歌，德国、英国、法国、西班牙等国的民歌以及外国著名作曲家创作的旋律等。

学堂歌曲中，除填词歌曲、作曲家创作的歌曲外，也有一部分是沿用日本民歌，如由筝歌演变而成的《樱花》《江户日本桥》等。其中有一些是日本民

---

① 参见钱仁康：《“五四”时期的爱国歌曲》，《上海歌声》1970 年第 2 期。

间儿歌，如《催眠歌》《蹲下来，蹲下来》《小白兔》等。不过，早些时候这方面的分量较轻。现在的日本音乐教材则相对地增加了日本民歌尤其是民间儿歌的部分。

从上面可以看出，日本的学堂歌曲实际上主要包括以下三个部分：

（1）日本民歌。选用的都是比较适合合唱的歌曲，其中民间儿歌占相当大的比例。

（2）借用外国民歌、外国作曲家创作的旋律填上新词的歌曲。早期的学堂歌曲中，这一部分占的比例很大。

（3）原创的学堂歌曲。这一部分从19世纪90年代开始逐渐增多，后来成为学堂歌曲最主要的成分。

日本的艺术歌曲——独唱曲

先介绍山田耕筰的《枸橘花》。

春末开小白花的枸橘原产于中国，常作绿篱。到了秋天，它的球形果实成熟，呈暗黄色，芳香扑鼻。以枸橘花为意象托景抒情的这首歌，于1924年7月首次在文艺刊物《红色的鸟》上发表，并由著名男高音歌唱家藤原义江（1898—1976）在独唱音乐会上首次演出。从此它成为日本人民最喜爱的独唱曲之一。

《枸橘花》的词作者北原白秋（1885—1942）是著名的日本现代诗人，代表作有诗歌集《邪宗门》《回忆》《东京景物诗及其他》《水墨集》《白秋童谣集》等。许多日本作曲家都喜欢用他的诗谱曲，其中迄今依然流行的也为数不少。北原白秋一直怀念他度过少年时代的家乡福冈县柳川。据说，在他出生的冲端村的房子的院子里长着枸橘，他也就以枸橘花为题材创作了这首诗。

《枸橘花》的曲作者山田耕筰（1886—1965）既是作曲家，也是指挥家和音乐活动家。1908年于东京音乐学校本科声乐系毕业（当时没有作曲系）。两年后到德国，在柏林高等音乐学校跟马克斯·布鲁赫等人学作曲。1914年初回国后从事创作歌曲、创办交响乐团、指挥等多方面的音乐活动，对日本音乐界产生了很大影响，被认为是日本乐坛中居于指导地位的代表人物。

他的主要作品有歌剧《黑船》（1926），交响曲《凯旋与和平》（1912），交响诗《曼陀罗之华》（1913），歌曲《香榧树林》（1922）、《白等一场》（1923）、《枸橘花》（1924）、《红蜻蜓》（1927）、《就是这条路》（1926）等。在大大小小多达一千五百首作品中，德国浪漫派的创作技巧与日本语言的特点相结合的优秀歌曲产生的影响最大，迄今依然传唱颇广。上面列举的主要歌曲，除《红蜻蜓》外，都是用北原白秋的诗谱曲的。山田耕筰创作歌曲时，非常注意语言的重音问题（日语的重音概念与欧美的不同，是指词的音高变化，不是指强弱关系）。他的优秀歌曲如最有代表性的这首《枸橘花》，艺术性和娱乐性达到了高度的统一，从而具有高雅的格调而又平易近人。

关于《枸橘花》的创作经过，山田耕筰曾说："在还不到10岁的童年时期，由于贫穷，我只得在工场里从天亮劳动到天黑，我咬紧牙关，流着眼泪来挨过贫困的日子。工场坐落在广阔的农田中，在工场的墙根旁有枸橘，开白花，带绿刺，长金黄色的果实。我常常在艰苦劳动之后，跑到墙根旁，一天几次地在那里唉声叹气。大概当时我幻想在墙外有个没有贫困的世界吧。当北原白秋给我看这首诗时，我就想起了自己的童年情景。当时乐思油然而生，很自然就写出来了。"

山田耕筰在少年时代确实过着艰难的日子，9岁父亲病故之后，白天就在日本牧师经营的排字工场劳动，晚上读书。12岁移居到别处后还当过小商贩、学徒、小雇农和捆扎啤酒瓶的打包工人。直到大姐恒子结婚后，他才结束了这种生活。写这首歌时他已年近四十。但是，他对自己少年时代"我曾在枸橘花前伤心地哭泣，人们都对我温存而又亲近"的情形久久不能忘怀。他托景抒情，用歌声表现了富于同情心的人们的心灵美。全曲六句歌词中，只有上面引用的倒数第三句是写人的（其余都是写物）。每句歌词都是从属音向上大跳的音程起唱的这首歌曲，它的真正的高潮区就在这一句。大半部分处在高音区的这段音乐音量小，但是表达极其细腻丰满，犹如画龙点睛，集中地表现了这首歌的主题思想。

到了20世纪20年代，日本音乐创作的主流，从体裁上来说依然是歌曲创作占主导地位。但是，主要的歌曲体裁已不再是学堂歌曲，而是艺术加工更多、更细致的独唱曲了。山田耕筰在这个时期创作的以《枸橘花》为代表的一批优秀歌曲，不仅是当时日本音乐园地最美丽的花朵，而且成为后来日本作曲家的温床。可以说，后来的日本作曲家或多或少的都受了他的影响。

在日本被称为"艺术歌曲"的独唱曲，跟19世纪以后欧洲的近代歌曲一样，不仅歌词是文学性较高的诗，而且几乎都离不开钢琴伴奏部分。虽然有些独唱曲的旋律有其相对独立性（如《枸橘花》可以离开原来的伴奏，或可以另外写伴奏），但是有的一离开专为它写的伴奏就成了半截子，唱不下去。这种情况对于学堂歌曲来说是不曾有过的，属于通俗歌曲类型的独唱曲（如后述的歌谣曲等），也不存在这样的问题。

由山田耕筰和信时洁（1887—1965）开拓的日本艺术歌曲的历史一直延伸到现在，并且出现了许多各具特色的优秀作品。在日本的声乐创作领域，从山田耕筰的时候开始，这一类独唱曲一直起着主导作用。属于这方面的主要作曲家有小松耕辅、成田为三、桥本国彦，平井康三郎、清水修、中田喜直、团伊玖磨、大中恩等。其他的主要作曲家有箕作秋吉、清濑保二、伊福部昭、高田三郎、小山清茂、石桁真礼生、间宫芳生、林光、汤山昭、三善晃、末吉保雄、佐藤真、浦田健次郎，等等。

歌谣曲及其他

歌谣曲是群众面很广的日本通俗歌曲。在 1925 年以前，歌谣曲的含义与现在不同，而是指上述的艺术歌曲。自从这一年 7 月东京广播电台正式开始播音以后，新的大众歌曲就以“歌谣曲”的名目播送。于是，既非民歌和民族传统体裁的音乐，也不是如爵士和法国通俗歌曲的外国歌曲，而是有着日本民族音调、在群众中传播开来的歌曲，就被称为“歌谣曲”了。最早且影响最大的歌谣曲作曲家是中山晋平（1887—1952）。

中山晋平于 1912 年从东京音乐学校本科毕业，在 1914 年为上演的话剧《复活》写的插曲《喀秋莎之歌》曾风靡一时。从 1909 年开始发行唱片的日本唱片公司，一下子就出售了两万张《喀秋莎之歌》。或许可以说，这就是最早且影响最大的歌谣曲了。后来他还为戏剧写了不少插曲，如第一首电影主题歌《艄公小调》（1923）。同时他也写了不少学堂歌曲，如《肥皂泡》（1920）、《扫晴娘》（1921）、《金龟子》（1923）等。在他写《喀秋莎之歌》的时候，学堂歌曲已普及开来，因此他创作这些歌谣曲的旋律时，就采用学堂歌曲旋律，并使其和日本传统小调的音感糅合在一起，构成了别具一格的“中山调”，成为后来歌谣曲的一个模式。

中山晋平之后最出名的歌谣曲作曲家是古贺政男（1904—1978），他的著名代表作为《酒是泪水还是叹息》（1931）。主要作品还有《越过山丘》（1931）、《慕影》（1928）、《谁不想家乡》（1939）、《汤街哀思》（1948）等。他的歌谣曲伴奏部分更多地汲取了西洋音乐的表现手法，旋律则吸收了传统小调的音调特点。

后来层出不穷的歌谣曲，虽然有的在伴奏的节奏上多用西洋的表现手法，但是其旋律常用去四七调式，并以中山晋平、古贺政男的旋律法为基础，从而易为群众所接受。从音乐形式的角度看来，不论这些歌谣曲如何花样翻新，比如说在发声法、调式、旋律线条、节奏、曲式、装饰音型上煞费苦心，它总是以民族传统的表现因素为基础的。这也是歌谣曲容易流传的一个原因。

总的来说，歌谣曲的内容反映了每个时期的世态。其中内容并不那么健康的也为数不少，但也有的是积极、健康的，或在一定程度上反映了资本主义社会的矛盾和人民情绪的。像《阳光灿烂照金桥》《环绕着鲜花周围》《四季歌》等都是积极的，《北国之春》则反映了社会现实中的矛盾，并通过望乡之情表现了由社会矛盾引起的日本人民的苦闷情绪和怀乡心理。

除歌谣曲外，还有一些如佐田雅志自作词曲自唱的《男子汉宣言》《蝉蜕》，或大野雄二的《草帽歌》等其他类型的通俗歌曲。对于这些不同类型、不同倾向的歌曲，这里不再赘述了。

5. 精选日本民歌

第1首

永遠の友情を（とわ　ゆうじょう）

歌唱永恒的友谊

（日中友好之歌）

$1={}^{\flat}B$ $\frac{4}{4}$

进行曲速度　明朗地

大阪“日中友好歌曲”教室　作词

小笠原美都子作曲

文洁若译词　逯信配歌

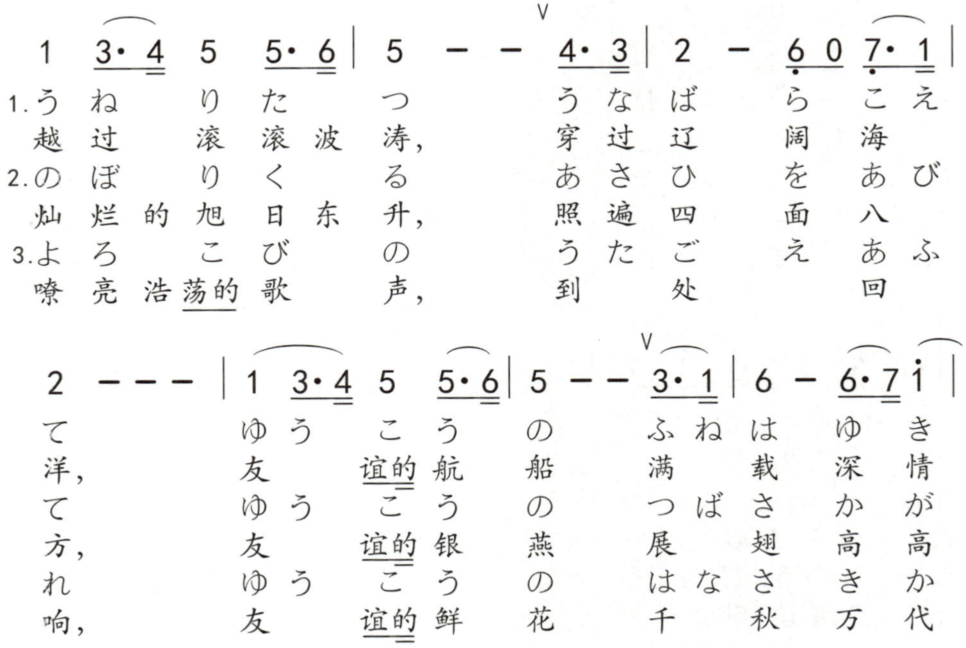

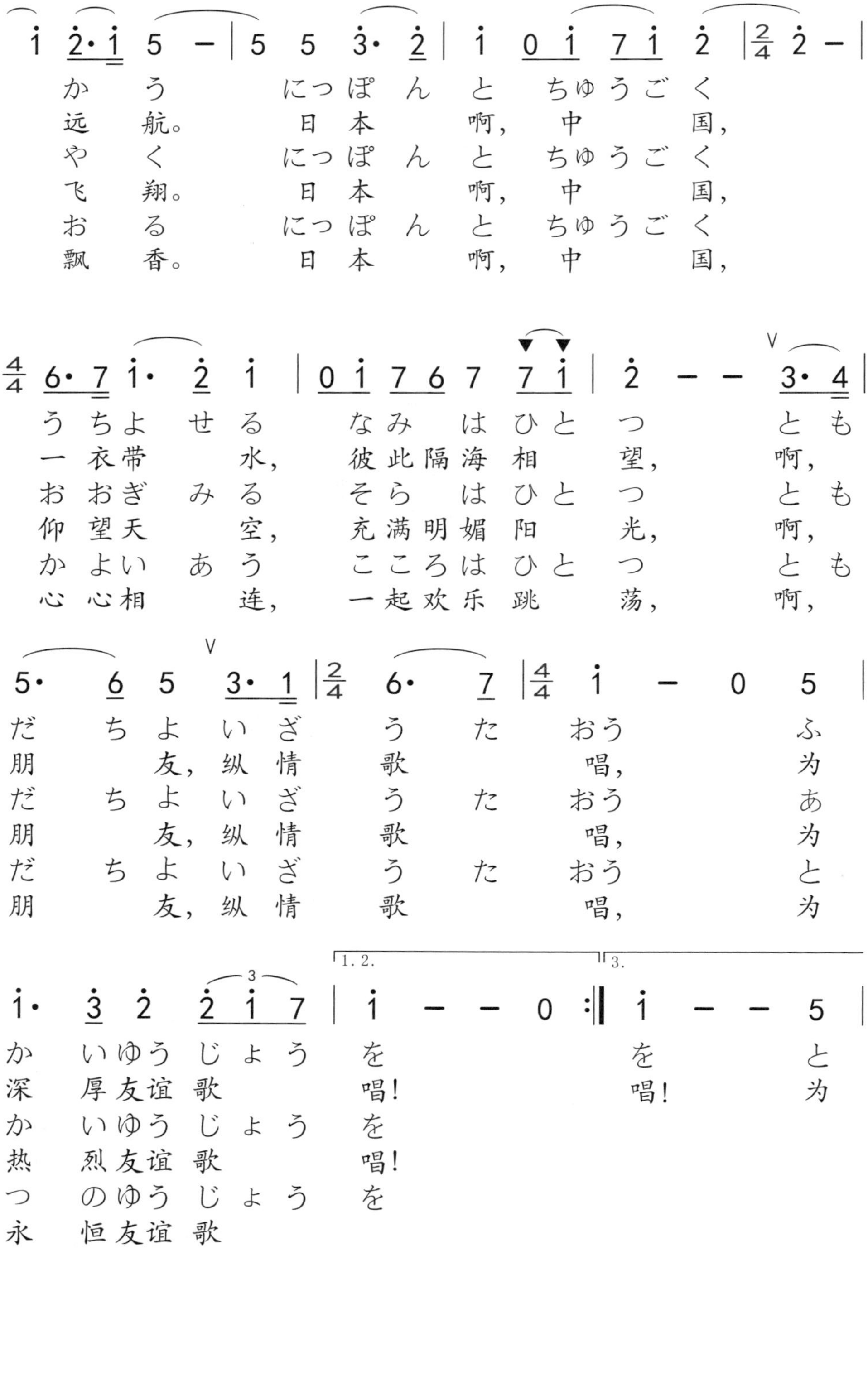
かう　にっぽんと　ちゅうごく
远航。日本啊，中国，
やく　にっぽんと　ちゅうごく
飞翔。日本啊，中国，
おる　にっぽんと　ちゅうごく
飘香。日本啊，中国，
うちよせる　なみはひとつ　とも
一衣带水，彼此隔海相望，啊，
おおぎみる　そらはひとつ　とも
仰望天空，充满明媚阳光，啊，
かよいあう　こころはひとつ　とも
心心相连，一起欢乐跳荡，啊，
だちよいざ　うたおう　ふ
朋友，纵情歌唱，为
だちよいざ　うたおう　ぁ
朋友，纵情歌唱，为
だちよいざ　うたおう　と
朋友，纵情歌唱，为
かいゆうじょうを　を　と
深厚友谊歌唱！唱！为
かいゆうじょうを
热烈友谊歌唱！
つのゆうじょうを
永恒友谊歌
1.2.
3.

わ　のゆう じょう　を
永　恒友谊 歌　　唱!

一　うねりたつ海原こえて
友好の船は　ゆきかう
日本と中国
打ちよせる波はひとつ
友だちよ　いざ歌おう
深い友情を

二　のぼりくる朝日をあびて
友好の翼かがやく
日本と中国
仰ぎ見る空はひとつ
友だちよ　いざ歌おう
熱い友情を

三　よろこびの歌声あふれ
友好の花咲き香る
日本と中国
通いあう心はひとつ
友だちょ　いざ歌おう
永遠の友情を

第2首

夜明けの橋

（よ あ はし）

阳光灿烂照金桥

（日中友好赞歌）

三　波　春　夫 作词
三　　木　　高 作曲
罗传开　皮作玖 译配

1=$^{\flat}$B $\frac{4}{4}$

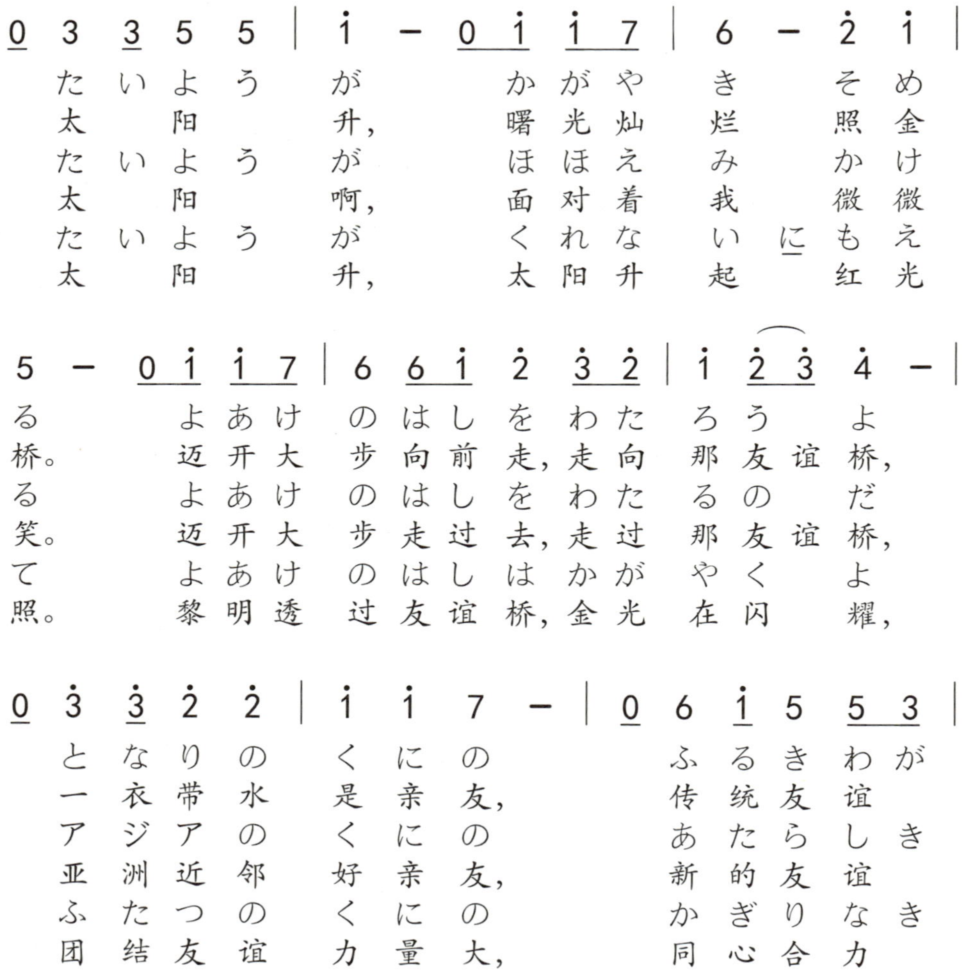

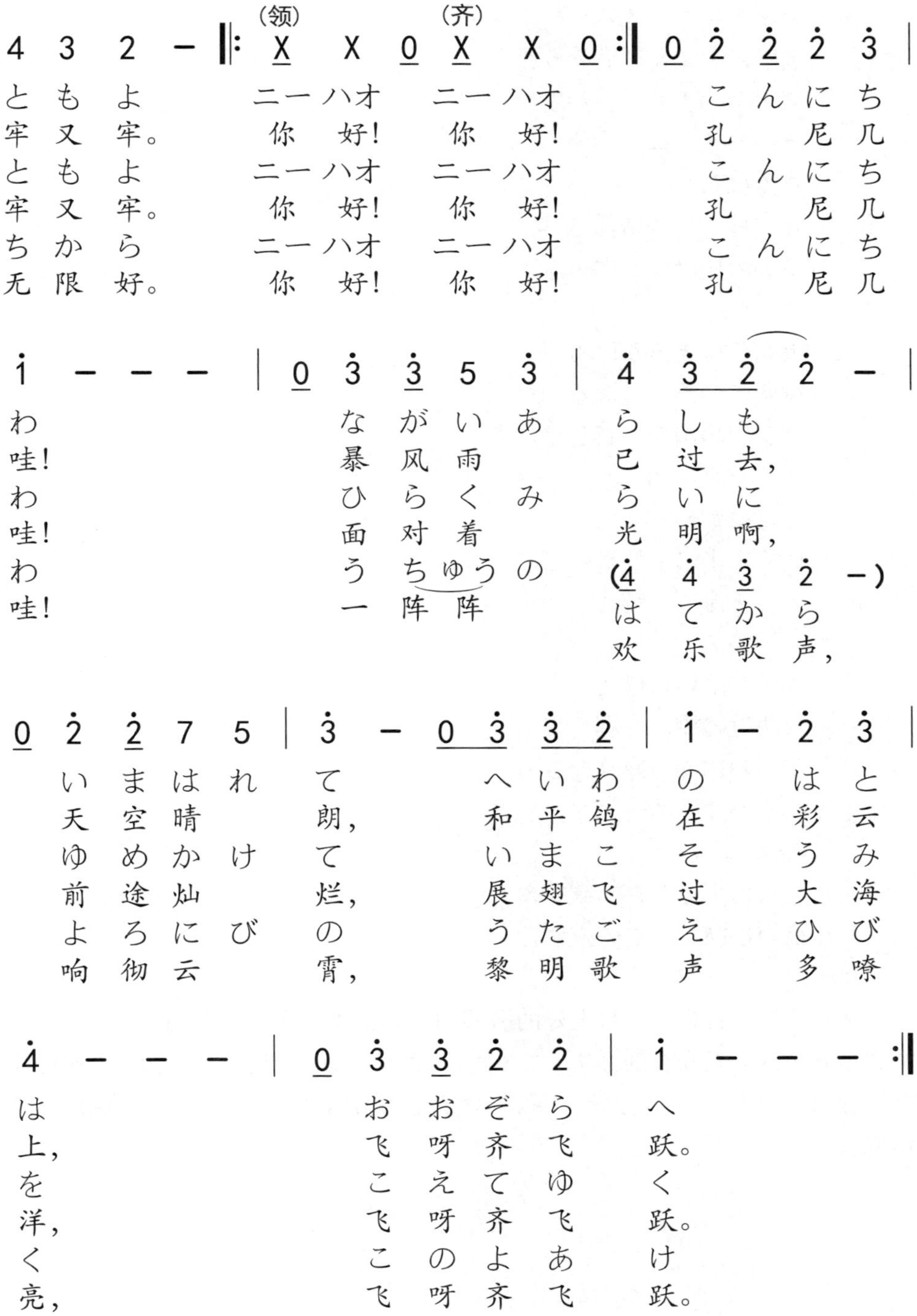

（领）
（齐）
ともよ　ニーハオ　ニーハオ　こんにち
牢又牢。你好！你好！孔尼几
ともよ　ニーハオ　ニーハオ　こんにち
牢又牢。你好！你好！孔尼几
ちから　ニーハオ　ニーハオ　こんにち
无限好。你好！你好！孔尼几
わ　ながいあらしも
哇！暴风雨已过去，
わ　ひらくみらいに
哇！面对着光明啊，
わ　うちゅうの　はてから
哇！一阵阵欢乐歌声，
いまはれて　へいわのはと
天空晴朗，和平鸽在彩云
ゆめかけて　いまこそうみ
前途灿烂，展翅飞过大海
よろこびの　うたごえひび
响彻云霄，黎明歌声多嘹
は　おおぞらへ
上，飞呀齐飞跃。
を　こえてゆく
洋，飞呀齐飞跃。
く　このよあけ
亮，飞呀齐飞跃。

一　太陽が輝き染める
夜明けの橋を　渡ろうよ
隣の国の古き　わが友よ
ニーハオ　ニーハオ
こんにちわ
長い嵐も　今晴れて
平和の鳩は　大空へ

二　太陽が微笑みかける
夜明けの橋を　渡るのだ
アジアの国の　新しき友よ
ニーハオ　ニーハオ
こんにちわ
開く未来に　夢かけて
今こそ海を　越えてゆく

三　太陽が紅いに燃えて
夜明けの橋は　輝くよ
二つの国の　限りなき力
ニーハオ　ニーハオ
こんにちわ
宇宙の果てから　歓びの
歌声ひびく　この夜明け

注：这是一首歌唱中日友好的歌谣曲。歌曲中“你好！你好!”处，演唱方式最好采取一领众合的办法，“（齐）”处请听众一起说“你好!”“孔尼几哇”是日语“你好”的音译。“孔”念成上海方言的“康”（kon）更接近日语原来的发音。

第3首

友好音頭
友好小调

ゆう こう わん ど

1= F $\frac{4}{4}$ $\frac{2}{4}$

民歌风地

三 波 春 夫 作词
长 津 义 司 作曲
罗传开 皮作玖 译配

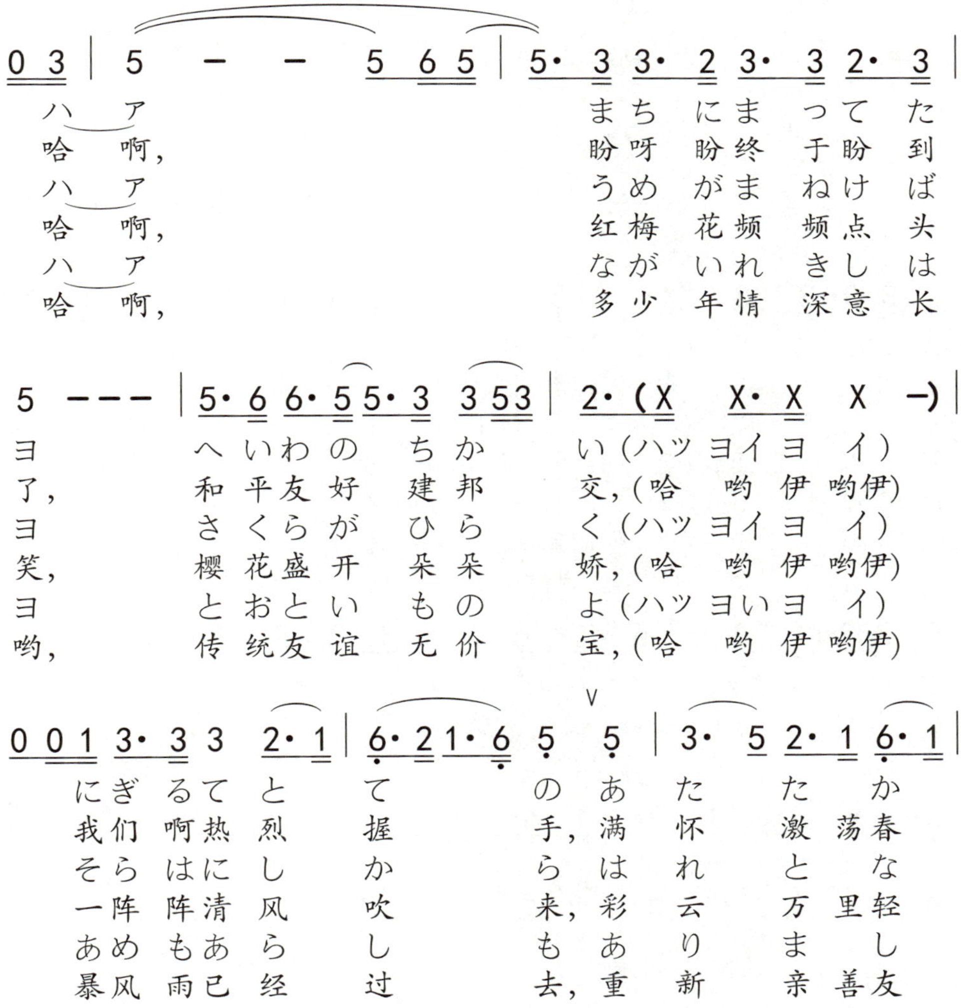

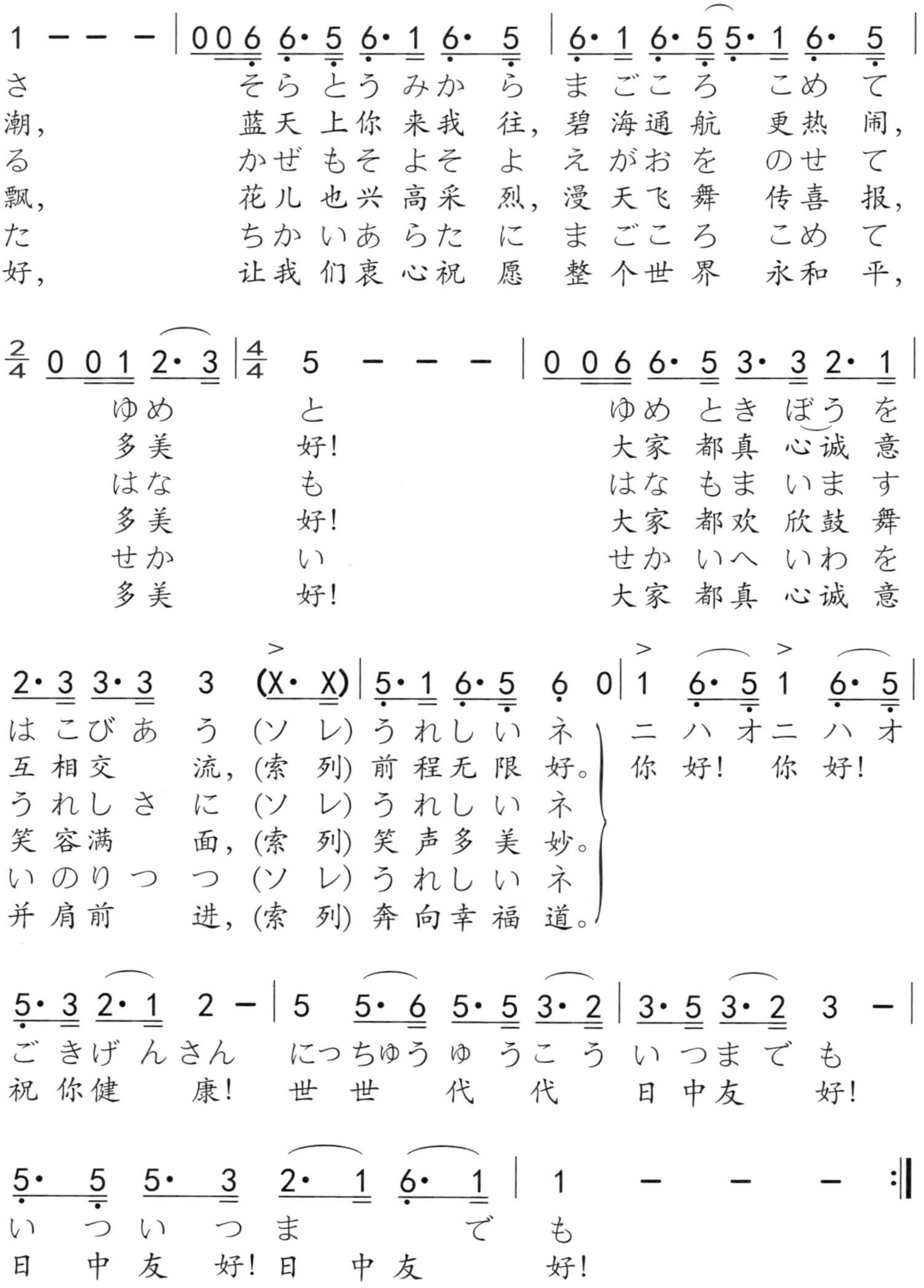
さ そらとうみから まごころ こめて
潮， 蓝天上你来我往， 碧海通航 更热闹，
る かぜもそよそよ えがおを のせて
飘， 花儿也兴高采烈， 漫天飞舞 传喜报，
た ちかいあらたに まごころ こめて
好， 让我们衷心祝愿 整个世界 永和平，
ゆめ と ゆめときぼうを
多美 好！ 大家都真心诚意
はな も はなもまいます
多美 好！ 大家都欢欣鼓舞
せか い せかいへいわを
多美 好！ 大家都真心诚意
はこびあう (ソレ) うれしいネ ニハオニハオ
互相交流，(索列) 前程无限好。 你好！你好！
うれしさに (ソレ) うれしいネ
笑容满面，(索列) 笑声多美妙。
いのりつつ (ソレ) うれしいネ
并肩前进，(索列) 奔向幸福道。
ごきげんさん にっちゅうゆうこう いつまでも
祝你健康！ 世世代代 日中友好！
いついつま でも
日中友好！日中友 好！

一　ハァ—待ちに待ってたヨ
平和の誓い　ハッヨイヨイ
握る手と手の温かさ
空と海から真心込めて
夢と夢と希望を運び合う　ソレ
嬉しいネ　ニーハオニーハオ御機嫌さん
日中友好　何日までも　いついつまでも

二　ハァ—梅が招けばヨ
桜が開く　ハッヨイヨイ
空は西から晴れとなる
風もそよそよ笑顔を乗せて
花も花も舞います嬉しさに　ソレ
嬉しいネ　ニーハオニーハオ御機嫌さん
日中友好　何日までも　いついつまでも

三　ハァ—長い歴史はヨ
尊いものよ　ハッヨイヨイ
雨も嵐も有りました
誓い新たに真心込めて
世界世界平和を祈りつつ　ソレ
嬉しいネ　ニーハオニーハオ御機嫌さん
中日友好　何日までも　いついつまでも

注：这首歌唱中日友好的歌曲，旋律是用中国传统的宫调式（12356i 的调式）和日本民歌常见的附点节奏组合而成的。曲作者长津义司写过不少流传颇广的日本歌谣曲，如《大利根月夜》《故乡的灯塔》《芜基器调》《大利根无情》《桃中轩云右卫门》《名月绫太郎调》《南风吹》《百年樱》等。其中有些就是由词作者三波春夫唱开来的。由著名歌手三波春夫录制唱片后广泛传唱的歌还有《喂，船老大》《雪之候鸟》《东京奥运会小调》《水户的黄门老爷》《叫我如何不喝酒》等。

歌曲中的衬词（哈哟伊哟伊，索列），由独唱者之外的人一齐呼应。

四季の歌（しきのうた）
四季歌

1=F $\frac{4}{4}$

肖　兵　译配

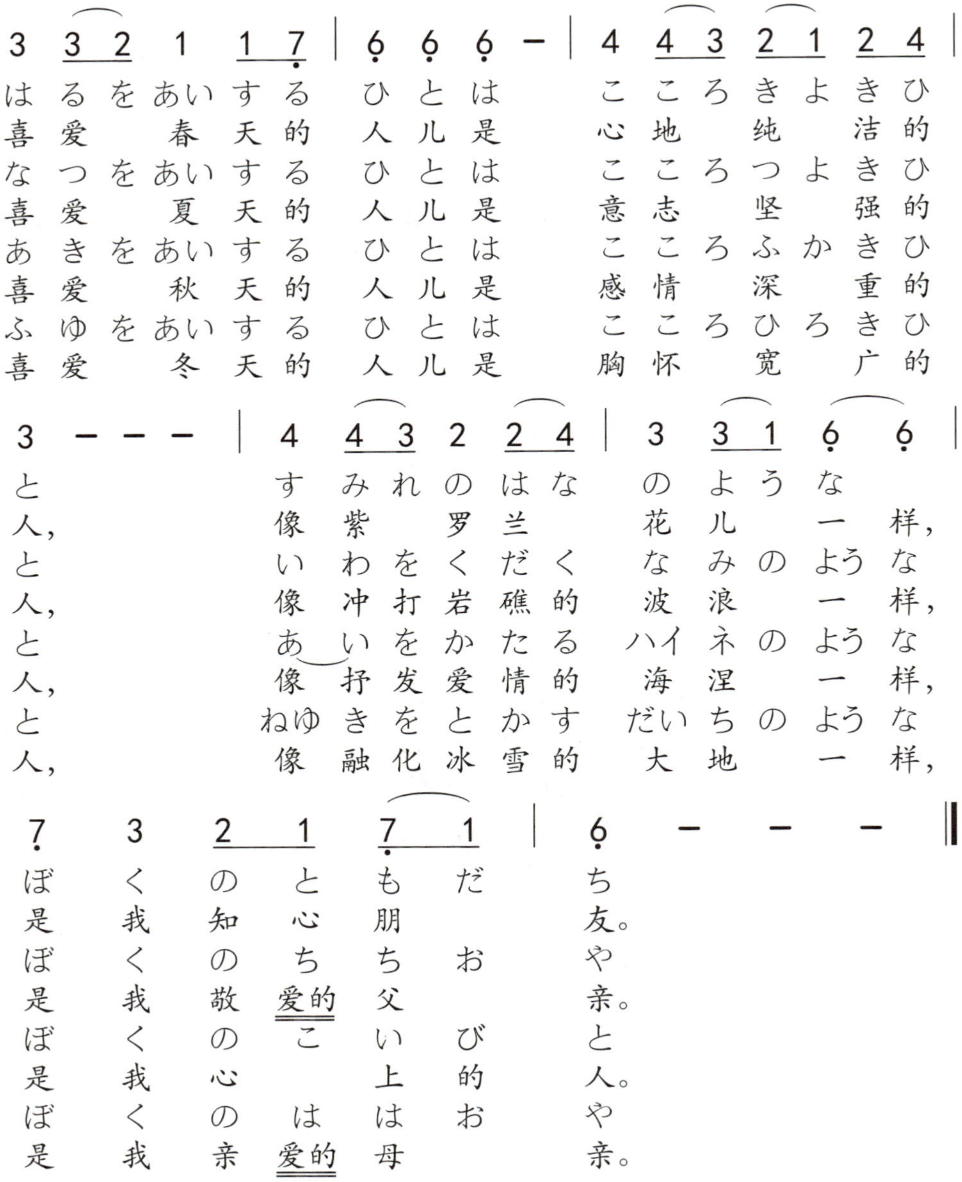

一　春を愛する人は　心清き人
　　すみれの花のような　ぼくの友達

二　夏を愛する人は　心強き人
　　岩をくだく波のような　ぼくの父親

三　秋を愛する人は　心深き人
　　愛を語るハイネのような　ぼくの恋人

四　冬を愛する人は　心広き人
　　根雪を溶かす大地のような　ぼくの母親

注：四季歌的词曲作者荒木丰尚有一次滑雪受伤，住院治疗时护士们都悉心照料他。感激之余，荒木丰尚作词谱曲赠送给她们。其中一首不胫而走，唱遍了整个日本，这就是《四季歌》产生的缘由。据说护士们在开展义务服务活动时常常唱这首歌，传唱开来之后，唱片公司争先恐后地出版发行唱片。这首歌原名为《春夏秋冬》，灌制唱片时用现名，其中1972年由芹洋子演唱的唱片格外受欢迎。1982年芹洋子访华演出时，成为她的必唱曲目。

《四季歌》是爱之歌。唱歌的人歌唱他心地纯洁的朋友、意志坚强的父亲、情真意深的爱人，宽厚仁慈的母亲。而他的朋友、父母、爱人都喜爱大自然，爱春天、爱夏天、爱秋天、爱冬天。唱歌的人看来是个年轻小伙子，因为每一段歌词最后一句的第一人称“我”，在日文中是专指男性的代词“僕”（boku）。

《四季歌》的旋律和歌词一样简明朴实。歌曲以两小节为一个分句，总共不过是八小节四个分句的乐段。旋律在小六度（6－4）的窄音域内，主要以级进的方式织出了一首短小精悍、抒情流畅的分节歌曲。歌曲中每个分句之间的呼应很有特色，例如前两个分句是从主音6往上大跳到4（这是全曲唯一的大跳音程），最后一个分句开始时强调色彩突出的二级音7等。同时，各个分句之间的衔接又是那么自然，天衣无缝。

从词曲来看，《四季歌》是从日本群众歌曲和学堂歌曲演化出来的一首平易近人的好歌。倘若说，“春季到来绿满窗”“夏季到来柳丝长”“秋季到来荷花香”“冬季到来雪茫茫”——我们的《四季歌》（田汉作词，贺绿汀编曲）以婉转动人的民间小调曲折地唱出了20世纪30年代中国人民的不幸生活，那么，日本的这首《四季歌》，则反映了人们对真善美的向往。

第5首

春(はる)が来(き)た
春天来了

1= C $\frac{4}{4}$
中速（♩ = 120）

高野辰之 作词
冈野贞一 作曲
罗传开 译配

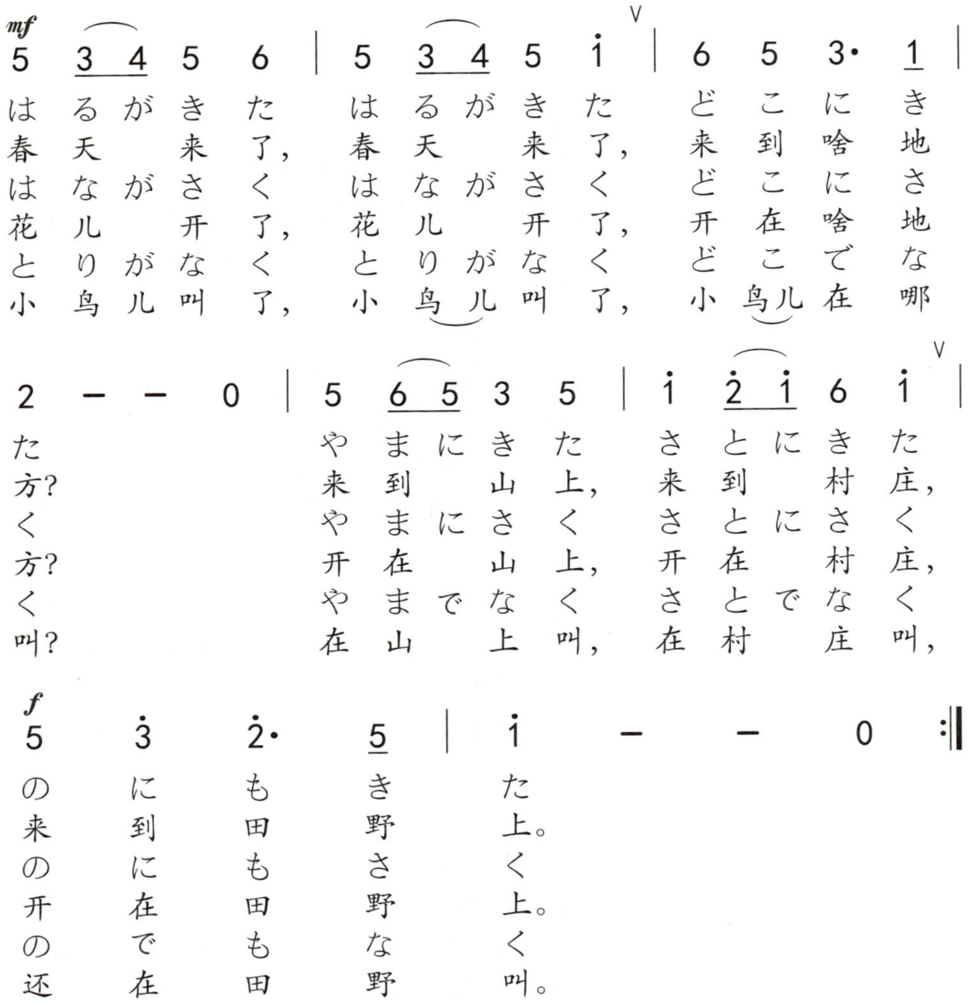

一　春が来た　春が来た　どこに来た
　　山に来た　里に来た　野にもさく

二　花がさく　花がさく　どこにさく
　　山にさく　里にさく　野にもさく

三　鳥がなく　鳥がなく　なこでどく
　　山で鳴く　里でなく　野でも鳴く

注：已有一百多年历史的这首歌，现在依然被指定为小学音乐课的通用唱歌曲目。词作者高野辰之（1876—1947）是文学博士，东京音乐学校教授，日本诗歌史研究专家。曲作者冈野贞一（1878—1941）是东京音乐学校教授，写过不少迄今依然流传的学堂歌曲。

第6首

春の風（はる かぜ）
春 风

和田彻三 作词
广濑量平 作曲
罗传开 译配

1= C $\frac{4}{4}$

轻松愉快地 ♩ = 120~130

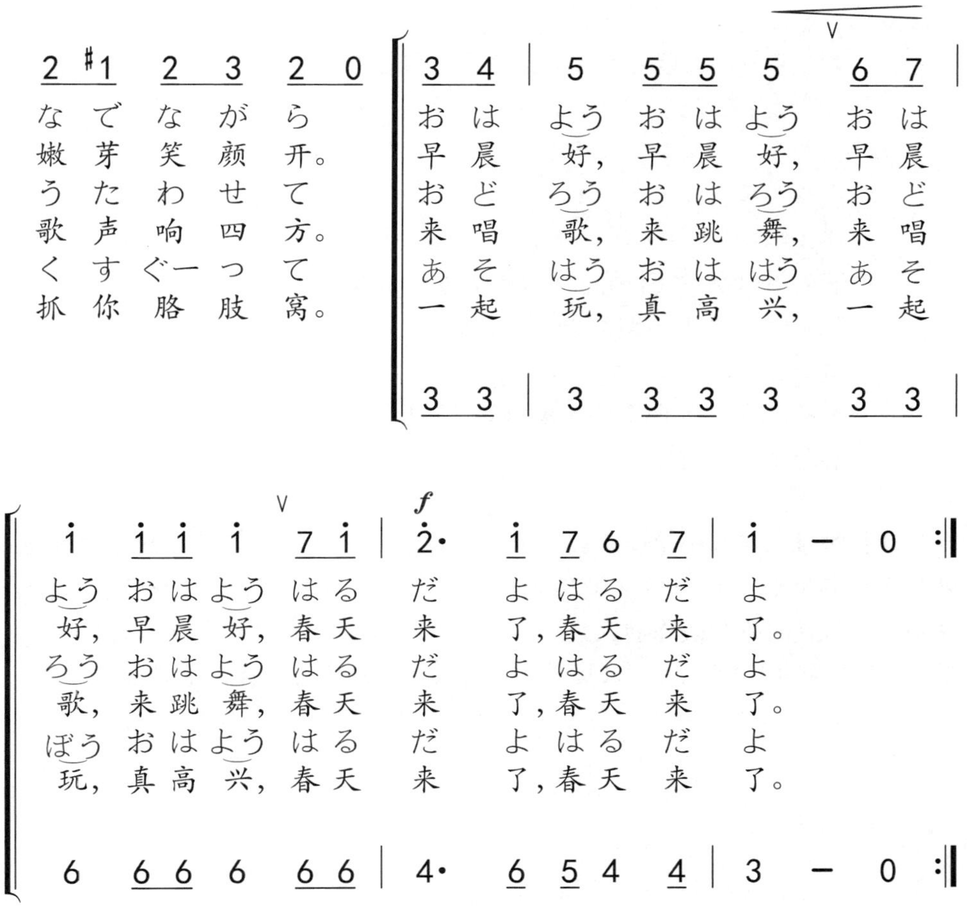

一　ルルルルールル　ルルルルールル
ルルルルルルルル
春の風はかけて行くよ　ルルルルルルルルル
プクプクふとったきぎの芽を
スイースイーとなでながら
おはよう　おはよう　おはよう　おはよう
春だよ　春だよ

二　ルルルルールル　ルルルルールル
ルルルルルルルル
春の風はかけて行くよ　ルルルルルルルルル
小川のはしゃいだせせらぎに

シャパ　シャパ　シャパっと　歌わせて
おどろう　おどろう　おどろう　おどろう
春だよ　春だよ

三　ルルルル—ルル　ルルルル—ルル
ルルルルルルル
春の風はかけて行くよ　ルルルルルルルル
れんげんにダンぽぽつくしんぼ
コチョ　コチョ　コチョッと　くすぐって
あそぼう　あそぼう　あそぼう　あそぼう
春だよ　春だよ

注：被选入日本中学音乐教科书的这首歌轻松活泼，洋溢着青春的气息。曲作者广濑量平生于1930年，23岁于北海道大学毕业，29岁于东京艺术大学毕业，是现代日本代表作曲家之一。主要作品有《尺八协奏曲》（获尾高作曲奖），大提琴协奏曲《悲》以及合唱组曲《在卡姆依的森林》等。

第7首

早春賦（そうしゅんふ）
早春赋

1= F $\frac{6}{8}$

小行板 富于表情地

吉丸一昌 作词
中田章 作曲
罗传开 译配

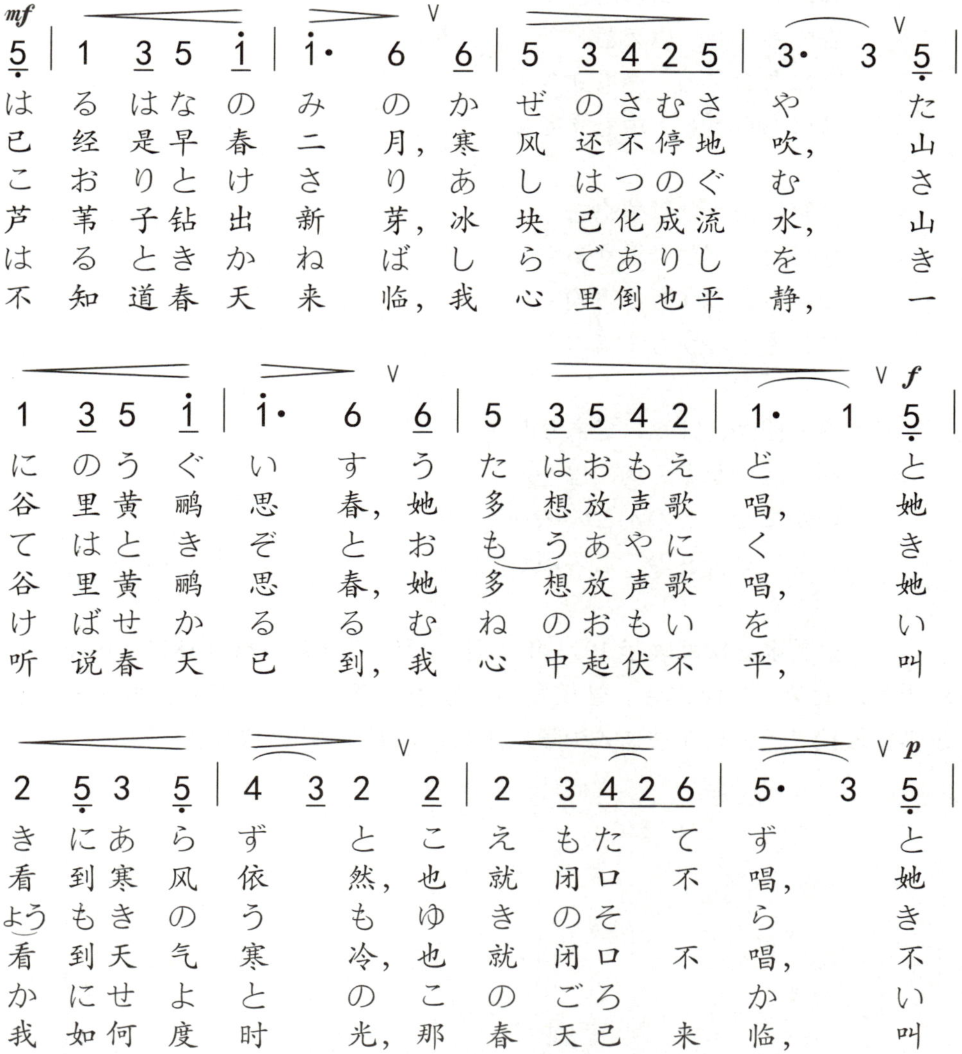

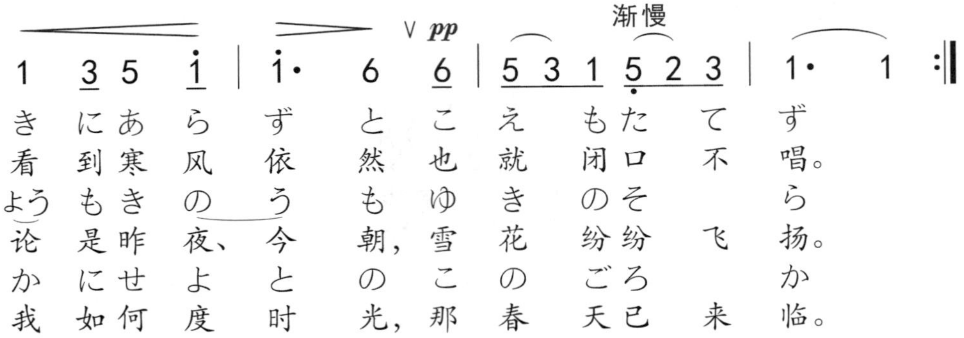

一　春は名のみの風の寒さや
　　谷の鳥　歌は思えど
　　時にあらずと　声も立てず
　　時にあらずと　声も立てず

二　氷解け去り葦は角ぐむ
　　さては時ぞと　思うあやにく
　　今日もきのうも　雪の空
　　今日もきのうも　雪の空

三　春と聞かねば知らでありしを
　　聞けば急かるる胸の思を
　　いかにせよとの　この頃か
　　いかにせよとの　この頃か

注：这首歌首次发表于 1913 年 2 月。词作者吉丸一昌（1873—1916）毕业于东京大学，与曲作者、管风琴演奏家中田章（1886—1931）同为东京音乐学校教授。此歌现在被选入中学二年级音乐课的通用唱歌教材。

第8首

北国の春（きたぐにのはる）
北国之春

井出博 作词
远藤实 作曲
罗传开 译配

1=♭B 4/4
稍慢

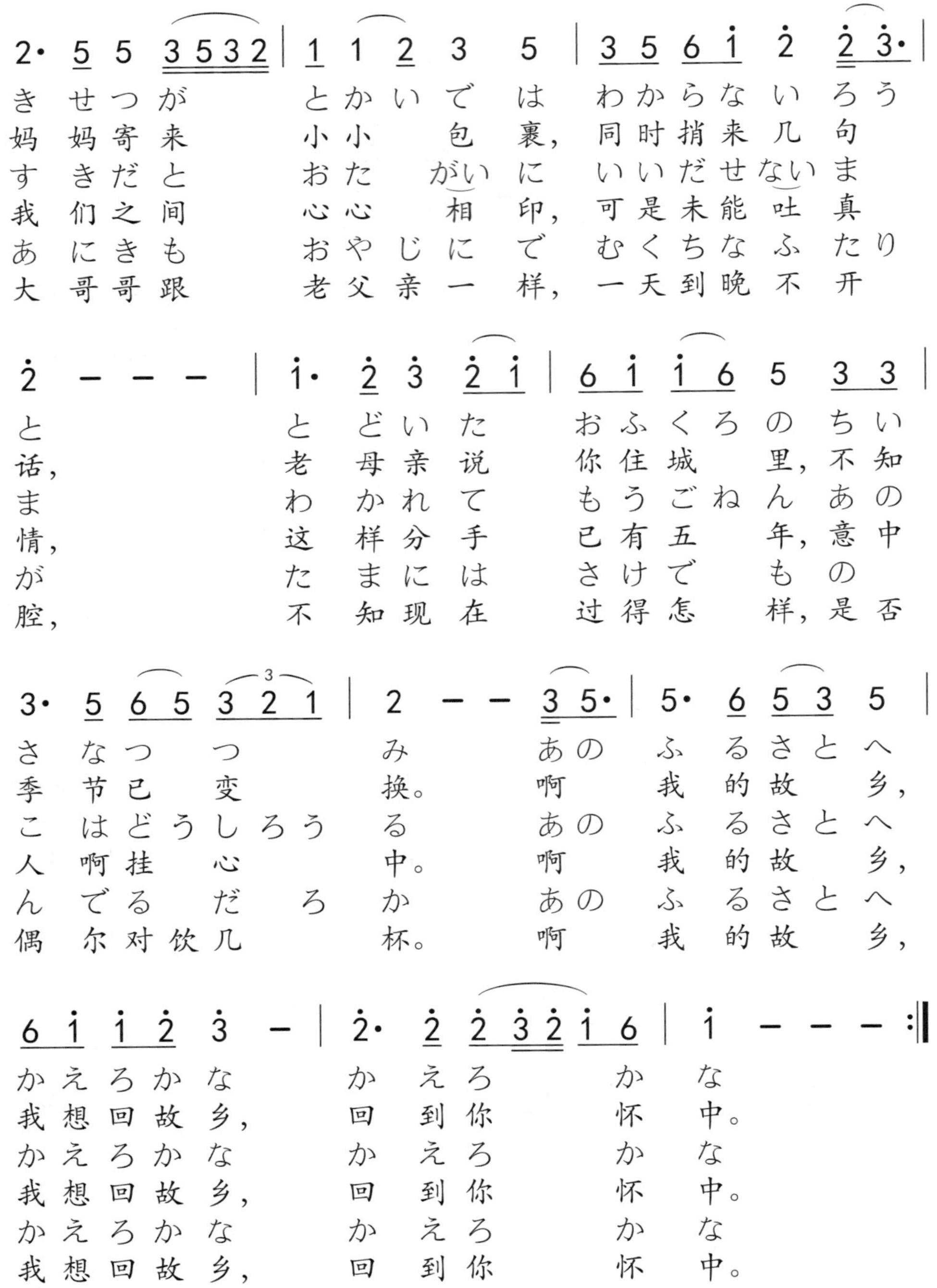
2· 5 5 3532 | 1 1 2 3 5 | 3 5 6 1̇ 2̇ 2̇ 3̇· |
きせつが とかいでは わからないろう
妈妈寄来 小小包裹，同时捎来几句
すきだと おたがいに いいだせないま
我们之间 心心相印，可是未能吐真
あにきも おやじにで むくちなふたり
大哥哥跟 老父亲一样，一天到晚不开
2̇ – – – | 1̇· 2̇ 3̇ 2̇ 1̇ | 6 1̇ 1̇ 6 5 3 3 |
と とどいた おふくろのちい
话，老母亲说 你住城里，不知
ま わかれて もうごねんあの
情，这样分手 已有五年，意中
が たまには さけでもの
腔，不知现在 过得怎样，是否
3· 5 6 5 3 2 1 | 2 – – 3 5· | 5· 6 5 3 5 |
さなつつ み あの ふるさとへ
季节已变 换。啊 我的故乡，
こはどうしろう る あの ふるさとへ
人啊挂心 中。啊 我的故乡，
んでるだろ か あの ふるさとへ
偶尔对饮几 杯。啊 我的故乡，
6 1̇ 1̇ 2̇ 3̇ – | 2̇· 2̇ 2̇ 3̇ 2̇ 1̇ 6 | 1̇ – – – :‖
かえろかな かえろ かな
我想回故乡，回到你 怀中。
かえろかな かえろ かな
我想回故乡，回到你 怀中。
かえろかな かえろ かな
我想回故乡，回到你 怀中。

一　白樺　青空　南風
こぶし咲くあの丘　北国の
ああ　北国の春
季節が都会ではわからないだろと
届いたおふくろの小さな包み
あの故郷へ帰ろかな　帰ろかな

二　雪どけ　せせらぎ　丸木橋
落葉松の芽がふく　北国の
ああ　北国の春
好きだとおたがいに言いだせないまま
別れてもう五年あの娘はどうしてる
あの故郷へ帰ろかな　帰ろかな

三　山吹き　朝霧　水車小屋
わらべ唄聞える　北国の
ああ　北国の春
兄貴も親父似で無口なふたりが
たまには酒でも飲んでるだろか
あの故郷へ帰ろかな　帰ろかな

注：这是一首思乡曲，歌词采用不得已而离开北方农村的年轻人的语气写成。他在南方城市收到妈妈寄来的小包裹和捎来的话语后，情不自禁地想念北国之春——家乡的春天。他托景抒情，归心似箭。但是在农业人口占全国总人口很小比例的日本，要回到家乡劳动并非易事，在社会现实的压力下，他只能望乡兴叹。从这方面看，这首于 1977 年发表并在一年后流行日本全国的歌谣曲，在一定程度上反映了日本社会的世态，表现了人们苦闷的望乡之情。这首歌由歌手千昌夫灌成唱片，1978 年当年发行达 84 万张。

参考文献

［1］罗传开编：《日本名歌选（日汉对照）》，上海：上海译文出版社，1984 年。

［2］罗传开编：《日本歌曲选》，上海：上海文艺出版社，1979 年。

［3］［日］船桥晴雄著，彭丹译：《日本长寿企业的经营秘籍》，北京：清华大学出版社，2011 年。

［4］［日］后藤俊夫编著，王保林、周晓娜译：《工匠精神：日本家族企业的长寿基因》，北京：中国人民大学出版社，2018 年。

［5］［日］Bradtey J. Willcox、D. Craig Willcox、铃木信：《冲绳计划Okinawa 式生活革命》东京：Crossroads 出版社，2010 年。

［6］党毅、刘勇主编：《保健食品研制与开发》（第 2 版），北京：人民卫生出版社，2019 年。

［7］《人民日报（海外版）·日本月刊》，2019 年第 6 期。

［8］《日本新华侨报》，2019 年第 6 期。

后 记

值此书完稿之际，承蒙滕玉娣女士的信赖及多方面的大力支持，主编团队成员感受到这不仅是一项工作任务，更是一件非常有意义的事。

在本书撰写期间，团队一行于 2021 年 2 月 26 日访问了日本驻广州总领馆总领事石塚英树先生，他不仅是一位驻华友好使节，写得一手好书法，还是一位中国诗词爱好者。石塚英树先生还分享了日语中很多词汇来源于中国的趣事。例如，广东话“叉烧”的日语是“チャーシュー”、广东话“烧卖”的日语是“シューマイ”，它们发音非常相似，这些中日饮食文化特点都是很有趣的文化踪迹。石塚英树先生还分享了鉴真东渡在日本弘扬佛法，把当时最成熟的唐代文明带到日本的故事，以及日本茶文化、书法文化等起源于中国的历史故事。同为汉字文化圈，中日可以共同开展汉字文化的研究，汉字文化的魅力值得我们年青一辈大力弘扬。

主编团队一行走访了日本多家百年长寿企业，仿佛走进了“在日本寻找中国的足迹”之旅，在这个过程中学习了日本企业的经营理念、产品的匠人精神，也感受了中国文化在日本的足迹。例如日本知名啤酒品牌“麒麟”最早起源于中国瑞兽，象征吉祥，“中田”梅子酒的梅子起源于中国，在中国古代就有“青梅煮酒论英雄”的故事记载。

在这个过程中，我们提炼了日本百年企业之所以长寿的 23 条秘诀，例如诚信信条、工匠精神、长远主义、保持专注、交叉持股、吐故纳新（不断优化、改良、创新）、勤俭奉公（内部与外部监察、合规监察等制度）、重视企业文化（仪式感、尊重感、归属感）等。在感受产品匠人精神、品牌文化故事的同时，仿佛开启了一趟极简禅意美学认知的旅程，感受到儒家文化和禅式生活的融合，更深深感受到中国文化的魅力。

一路走来，我们要感谢滕玉娣女士的信赖与支持，还要感谢日本驻广州总领事馆总领事石塚英树先生、“宝酒造”古贺照康先生、“茌原”总经理井深治先生、“朝日”崎田淳也先生、“中田”田畑茂树先生、“龟甲万”布泽信之先生、“麒麟”安藤弘之先生、“三得利”小林功先生、“蝶矢”徐勇先生、

“味滋康”剑持厚志先生、“味之素”陶山贞夫先生、“丸三爱”太田敦先生及周红根先生、“日清”吴坚先生、“三岛”韩仲庆先生、“丸米”食品吉崎日宏先生等相关企业人员的热情接待与细致的介绍。感谢团队成员吴肖丽女士、吴晓唯女士、张翠女士、徐婉惠女士、邢美诗女士、郭卫星先生、卢明哲律师。在此要特别感谢滕玉娣女士，她承诺将本书的个人所得版税，全部捐给深圳市日式料理行业协会。她不仅是一位成功的企业家，还是一位非常热心公益的人士，致力于行业建设，成为会员企业和政府之间良性沟通的桥梁。

本书的出版还要感谢深圳市人民对外友好协会专职副会长顾挺先生、日本驻广州总领事馆总领事龟井启次先生、日本驻广州总领事馆日厨总领事官邸料理人梅泽常时先生——他们热情分享介绍了日本各地美味的乡土料理的烹饪方法，并提供视频资料。感谢日本驻广州总领事馆副领事小野纶佐子女士、翻译甘超女士。还要感谢伊藤满先生、岩井友则先生、铃木民夫先生、小林金二先生、殿山满男先生、榊明生先生、三轮启殿先生、曾我井充昭先生、富泽浩一先生、宫田克哉先生、村田吉弘先生等料理匠人，他们提供了日本料理菜谱。感谢暨南大学出版社的晏礼庆总编辑给予的宝贵指导意见，感谢协助本书访谈撰稿的林依铃、徐婉惠、邓珊珊三位女士。

本书所涉及的曲谱、音频、视频资料，均已取得相关版权持有人的授权，若有个别资料未能涵盖，请立即与本人联系。

由于笔者水平有限及出版时间紧迫，本书尚有许多不足之处，还请读者多多批评指正。

王景辰

2022 年 8 月 17 日